KB245597

# 달리GO!

이 도서의 국립중앙도서관 출판시도서목록(CIP)은 e-CIP홈페이지
(http://www.nl.go.kr/cip.php)에서 이용하실 수 있습니다.
(CIP제어번호 : CIP2012005991)

담쟁이 문고

# 달리 GO!

이병승 지음

실천문학사

## 차례

# 범생아, 내가 인생을 가르쳐주마

항보가 죽었다.

대통령이 죽으면 서거, 목사가 죽으면 소천, 스님이 죽으면 입적, 환자가 죽으면 운명, 보통 사람이 죽으면 사망, 쓰레기 같은 인간이 죽으면 뒈졌다고 하는데, 항보의 죽음은 뭐라 해야 할까.

항보가 죽었다.

개새끼.

항보가 죽었다.

나쁜 놈.

흰 소복 입은 여자가 지나간다. 울다 지친 무표정한 얼굴에 피곤이 덕지덕지 묻었다. 영안실 바깥 그늘진 곳에는 완장을 찬 남자들이 담배를 피우며 이런저런 얘기를 나누고 있었다.

항보가 죽었다.

우리 식으로 말하자면, 신의 테이크아웃이다. 하지만 항보는 커피가 아니다. 골프 좋아하는 아빠 식으로 말하자면 OB 아웃 바운드다. 항보는 골프공도 아니다.

어쨌거나 먼저 링에서 내려간 항보는 나쁜 새끼다.

나는 무의식적으로 휴대폰 폴더를 열었다 닫았다 반복하고 있었다. 폰에는 어젯밤 항보가 보낸 문자가 아직 삭제되지 않은 채 고스란히 남아 있었다. 수십 개의 문자 폭탄이었다.

좀 보자

씹었다.

바쁘냐?

씹었다.

범생아, 내가 인생을 가르쳐주마! ㅋㅋ

또 씹었다.

대나무에 왜 마디가 있는 줄 아냐? 그건 인생이 늘 잠정적 결론이기 때문이지.

슬슬 발동이 걸리지만 씹었다.

역시 세상은 절망적이다. 그래서 결정했다. 존재 파워 오프 하기로!

치밀었다. 하지만 씹었다.

눈도 온다.

설마 했다. 그래, 너는 네 방식대로 계속 그렇게 가라. 바람 좋은 날 어디서 뭘 하고 있는지 몰라도 책상머리는 아닐 테지, 하면서.

너도 언젠간 알게 될까? 이 세상의 궁극의 비밀을! ㅎㅎ

항보는 계속해서 나를 자극하는 말을 던졌다. 그런 말에 내가 혹하지 않으면 나, 신이걸이 아닐 테니까.

하지만 지금의 나는 눈에 보이는 족족 세상에 물음표의 갈고리를 찍어대는 예전의 내가 아니었다. 항보가 네버랜드의 후크라면 나는 얌전히 집으로 귀향한 피터 팬이었다.

새벽 한시였고, 나는 전교 등수 10위권을 목표로 시험공부 중이었다. 항보는 꼭 그 순간이 아니어도 늘 그렇게 내 주변에서 얼쩡거리며 자기 색깔과 자기 냄새를 풍길 것이었다.

그리고 항보도 잘 알고 있었다. 내가 녀석을 내 마음 한구석에 봉인해두었다는 것을. 그리고 나도 알고 있었다. 내가 아무리 항보를 상자 속에 봉인해 넣어두어도 들끓는 자기 에너지로 뚜껑을 치고 올라올 거라는 걸.

초등학교 때부터 항보는 내게 가장 치명적인 유혹이었다. 컴퓨터 게임이나 멋진 영화나 음악 혹은 야동보다도 항보와 노는 것이 훨씬 재미있었다. 항보는 내 가장 친한 친구였고, 라이벌이었고, 숙적이었고, 재수 없는 녀석이었고, 열등감을 자극하는 놈이었고, 그럼에도 불구하고 늘 보고 싶은 친구였다. 때로는 형 같고 때로는 동생 같은 녀석. 내가 문자를 씹는다고 눈 하나 까딱하지 않을 친구였다. 어젯밤 문자도 가끔 있는 일이었다. 어차피 내가 대답하지 않을 거란 걸 알면서 보내는 문자였다.

헤르만 헤세, 니체, 예수, 석가, 파라마한사 요가난다…… 누구와 같이 갈까 ^^

파라마한사 요가난다는 누구지? 항보의 잡식성 지식 순례의 말미에 등장한 인물이 궁금하기는 했다. 하지만 넘어가면 안 된다고 생각했다. 녀석과 얘기에 빠져버리면 공부는 물 건너간다.

나는 전화기를 껐다.

던지듯 서랍 속에 휴대폰을 넣고 탁 소리가 나게 닫았다. 하지만 삼각함수의 해를 구하는 것보다 항보가 요즘 무슨 생각을 하고 있는지가 궁금해 미칠 지경이었다.

항보는 잡식성이었다. 노벨문학상 소설을 읽다가 무협지를 읽고, 시를 읽다가 만화책을 읽고, 클래식을 듣다가 트로트를 듣고, 브레이크 댄스를 추다가 패싸움을 하는 녀석이었다. 항보는 튀는 돌이었다. 녀석은 한 번도 예측 가능한 곳에 있어본 적이 없었다. 교실에 있어야 할 시간에 극장에 가 있고, 독서실에 있어야 할 때에 술집에 있었고, 시험 시간에 조폭들 패싸움 현장에 있었고, 수학여행 때 경찰서 유치장에 들어가 있었다.

다시 폰을 꺼냈다.

존 레논처럼 누가 나를 쏴주면 좋을 텐데…….

엘비스 프레슬리가 지금도 살아 있다고 믿는 광신도들처럼 나도 내 성도를 만들어놓고 가야 할 텐데 말이야.

니 얼굴 한번 보고 가는 걸로 만족해야지. 잠깐만 보자.

안 나올래?

마지막이다. 범생아, 내가 인생을 가르쳐주마!

한꺼번에 문자가 와르르 떴다.

범생이라는 말에 나는 잠깐 흔들렸다. 그건 나를 조롱하는 말이었다. 항보를 만나면 즐겁다. 답답한 교과서, 답답한 교실에서는 결코 튀어나올 수 없는 흥미진진한 이야기들이 줄줄 흘러나왔다. 하지만 나는 꾹 눌러 참았다. 지금 나는 남은 고등학교 2년의 시간을 통조림 깡통에 넣고 살기로 했으니까. 엄마, 아빠와의 약속을 지켜야 하니까.

드디어 가면을 벗는다. 나 자신에게로 돌아간다.

의자에서 벌떡 일어났다가 주저앉았다. 심호흡을 하고 꾹 참았다. 공부하자, 공부하자.

너도 딱 1년만 벗어봐.

꾹, 꾹, 꾹 참았다.

그리고 마침내 문자는 더 이상 오지 않았다. 쏟아지는 졸음을 쫓으려고 창문을 열었고 창밖엔 흰 눈이 먼저처럼 펄펄 날리고 있었다. 그리고 언제 잠이 들었는지 모르게 곯아떨어졌다.

그리고 오늘 오후에 항보의 소식을 들었다.

하늘이 쩍 갈라졌다.

"이걸아, 항보가 죽었대."

심장이 떨어져 다리를 타고 내려가 발바닥에 쿵 떨어지는 것 같았다.

시간이 멈췄다.

나는 한동안 석고상이 되었다.

"그럴 리가…… 항보가 학교 나오는 거 봤냐? 그냥 결석이겠지."

"아냐. 내가 담탱이 컴퓨터 봐주러 교무실 갔다가 항보 부모님하고 통화하는 거 들었어."

자칭 천재 해커 영일이는 담임이 소문 내지 말라고 했다며 손가락을 입술에 가져다대곤 나지막이 말했다.

"자살이래."

"!"

놀이터라고 했다.

등나무 아래 벤치에 드러누운 채 숨진 채로 발견되었다고 했다. 사인은 다량의 수면제 복용. 낮 12시경. 지나가는 행인들이 많았을 테지만 아무도 항보의 죽음을 의심하지 않았을 것이다. 그냥 무서운 십 대가 술 처먹고 자고 있는 줄로 알았을 것이다. 항보는 다량의 수면제를 구하기 위해 놀이터 근처 약국 유리창을 박살 냈다. 벽돌로 유리창을 박살 내는 순간, 항보는 무엇을 보았을까? 무너져 내리는 유리창의 파편을 보면서 웃고 있었을까? 그 수면제가 항보의 몸속에서 고스란히 녹아갈 무렵, 항보는 먼지처럼 흩날리는 눈을 보고 있었을까? 어젯밤은 얼마나 추웠을까? 항보는 내게 문자를 보내고 일을 저질렀을까? 아니면 이미 수면제를 먹은 후였을까?

록 마니아 하두락이 자신의 어깨에 판박이 문신을 붙이며 중얼거렸다.

"그 녀석 언젠간 그럴 줄 알았어."

하두락은 검지와 새끼손가락을 악마의 뿔처럼 치켜세웠다. 지옥으로 떨어졌다는 뜻인지 승리했다는 뜻인지, 아니면 그냥 록 마니아다운 제스처였는지 분간이 되지 않았다.

힙합 마니아 쿵쿵따는 어깨를 으쓱하더니 흑인 애들 같은 몸짓으로 화장실로 가며 중얼거렸다.

"갓뎀…… 쉿!"

학교에서 '좀 노시는 분'으로 통하는 박창기는 커다란 눈동자를 번뜩거리더니 의자를 뒤로 젖혀 까딱까딱하기 시작했다. 뭔가 생각하는 눈치였다. 그러더니 고개를 설레설레 흔들며 중얼거렸다.

"과연 자살일까? 어디서 칼 맞은 거 아냐? 그래서 약국에 들어갔을 테고…… 결국 피를 너무 흘려서……."

그렇게 혼자 중얼거리다 스스로도 말이 안 되는 줄 알았는지 입을 다물었다. 창기의 얼굴에 그늘이 스쳐갔다.

최신 폰을 자랑질 하듯 만지작거리던 장천재는 이럴 땐 어떻게 반응해야 할지 모르겠다는 듯 멍하니 있다가 다시 아무 말 없이 폰을 만지작거렸다.

왕따 홍석구는 더욱 어깨를 움츠리더니 달팽이처럼 자기 안으로 쏙 들어갔다. 자기도 사는데 왜 자살을 했을까 의아해하는 듯했다.

"팔자 좋다. 자살도 하고……."

알바의 여왕 김예는 툭 화살처럼 한마디를 날리고는 문득 생각났다는 듯 한마디를 더 보탰다.

"우리도 조의금 내야 하나? 나 돈 없는데……."

"시끄러워서 공부를 할 수 없네."

서울대가 목표인 하석이가 참고서를 소리 나게 책상에 탕탕 쳐서 정리해 들고 일어났다.

"너희들은 동요하지 말고 공부에 집중하도록!"

종례 시간에 담임은 그렇게 말했다. 동요 말라고? 친구가 죽었는데 자기 공부에만 집중하라고?

친구가 죽었지만 야자는 계속되었다. 배고픈 녀석은 매점에 가서 돼지고기인지 닭고기인지 알 수 없는 것을 갈아 만든 햄버거를 사 먹었다. 담임은 출석부를 뒤져 항보의 출석 일수와 결석 일수를 비교하며 혹시 모를 불똥이 튈까 걱정하는 눈치였다. 담임은 문제만 일으키지 않으면 공부를 하든 출석을 하든 결석을 하든 문제아들을 내버려뒀었다.

아마 그 순간부터였을 것이다.

내가 내 자신에게 채운 자물쇠의 빗장이 풀리기 시작한 것은. 내 이름은 신이걸이다. 영어의 시니컬과 닮았다. 냉소주의. 그렇다. 나는 원래 냉소주의자다. 초등학교 때부터 생각이 많은 아이였다.

아빠 엄마가 싸우면, 사랑해서 결혼했는데 왜 싸우지? 사랑이 뭐지? 사랑하지도 않으면서 나를 낳았단 말인가? 노을 지는 하늘을 바라보면서 이 세상은 언제부터 시작되었을까? 신은 정말 있는가? 외계인은 있는가? 학교에선 왜 내가 알고 싶은 걸 가르쳐주지 않고 별 필요도 없는 걸 가르치는 거지? 선생님이 촌지를 받는 것은 생활의 문제일까 욕망의 문제일까? 사람은 왜 태어나고 무엇을 위해서 살아야 하지? 왜 부자는 계속 부자고 가난한 사람은 계속 가난하지? 평등한 세상이란 게 과연 가능할까?

그런 생각들을 하며 어린 시절을 보냈다. 초등학교 때까지는 누구보다 책을 많이 읽은 아이였다. 책을 끼고 살았다. 동화책 속으로 상상의 모험을 떠나는 일이 가장 즐거웠다.

나는 한 번도 도둑질을 하거나, 거짓말을 하거나, 다른 아이들을 괴롭히거나, 싸움을 하지 않았다. 선생님 말도 잘 듣는 착한 아이였다. 공부도 상위권에 속했다. 학교에서 시키는 것은 무엇이든 얌전히 말을 잘 들었다.

하지만 나는 엄밀히 말하면 아무에게도 눈에 띄지 않는 스파이 반항아였다. 중학교 때 항보는 그런 내게 맘에 쏙 드는 별명을 지어주었다.

사색형 반항아!

나는 점점 더 세상에 대해 불만이 많아졌다. 어른들의 가식과 위선이 보였다. 모든 것이 못마땅했다. 하지만 한 번도 내색하진 않았다. 엄마, 아빠를 걱정시키고 싶지 않았다. 아니, 나는 항보보다 좀 더 영리했다. 내가 아는 건 우린 학생이고 저들은 어른이고, 선생이고, 부모라는 것이었다. 권위와 힘이 있는 쪽과 보호를 받아야 하는 쪽은 동등할 수 없다는 걸 일찌감치 알았다.

하지만 항보는 나와 반대편에 있었다. 항보는 저돌적인 반항아였고, 제멋대로였다. 하고 싶은 대로 하고 살았다. 싸우고 싶으면 싸우고, 생각나는 대로 행동하고 말했다. 상대가 어른이든 부모든 선생님 혹은 교장 선생님이든 가리지 않았다. 못마땅하면 못마땅한 티를 냈다. 공격적으로 질문했다.

그래서 항보는 찍혔다. 찍혀도 단단히 찍혔다. 매를 벌고 뺨을 맞고 근신이나 정학 처분을 받기도 했다.

예를 들자면 이런 것이다.

어느 날 아침 교실에서 항보가 담배를 피운다. 담임은 놀라서 질겁하고 담배를 빼앗는다. 그런 때는 매보다 먼저 손찌검이 나간다. 심하면 발길질이 나갈 수도 있다. 그러면 항보는 맞지 않는다. 치켜 올라간 담임의 손목을 잡는다. 그리고 눈을 똑바로 뜨고 묻는다.

"왜 학생은 담배를 피우면 안 되죠? 인간은 담배를 피우면 안 된다가 아니고, 왜 미성년자는 담배를 피우면 안 된다는 건가요? 나라에서 담배를 팔잖아요. 그건 세금을 걷을 수 있기 때문이죠. 한쪽에선 담배를 팔고 한쪽에선 금연 운동을 해요. 이건 내부 모순이죠? 내 몸을 내가 망가뜨리든 말든, 그걸 누가 강제로 금지할 권리는 없잖아요?"

"이 녀석이? 어디서 궤변을 늘어놔?"

담임은 씩씩거리며 힘으로 누르려고 한다.

"권위는 잘못 쓰면 폭력이라고 배웠습니다."

"나가 인마!"

담임은 소리치고 만다.

"교사는 지식만 전수하면 끝이라는 거군요. 거기까지가 선생님의 교육관이라는 자백을 하셨네요."

항보는 이죽거리며 교실 문을 열고 나간다.

하지만 나는 항보와 다르다. 생각은 같아도 내 반항은 머릿속에서만 일어난다. 나는 여전히 책상에 앉아 공부를 하고 있다. 그리고 머릿속에서 담배 회사를 폭파시킨다. 그리고 담배의 해악을 알면서도 군대에서 담배를 지급했던 과거 정부를 상대로 소송을 낸다. 수억 원의 손해배상금을 받아 어린이심장재단에 기부한다.

"선생님, 촌지 받으셨죠?"

항보가 따진다.

담임은 펄쩍 뛴다.

"쪽팔리지 않으세요?"

항보가 이죽거린다.

담임의 손바닥이 항보의 뒤통수를 후려친다.

"약점을 공격하면 사람은 포악해진다는 말이 맞아요."

하고 또 이죽거린다.

나는 또 머릿속으로 상상한다. 담임이 촌지 받는 장면을 찍어서 인터넷에 뿌린다. 그리고 담임이 어째서 교사의 자격이 없는지 그의 수업 실력, 인품 따위를 조목조목 적어 올린다.

항보는 그런 나를 잘 알았다. 그리고 항상 내 어깨를 툭툭 치며 놀려먹었다.

"생각만 하지 말고 행동을 해!"

나는 행동할 수 없었다. 교내 폭력 서클 애들이 홍석구같이 약한 애를 잔인할 정도로 괴롭히는 걸 보면 주먹에 힘이 불끈 들어간다. 하지만 그 애들과 싸워서 이길 자신도 없을뿐더러 싸워 이긴다 한들 그건 폭력이 폭력을 이긴 것일 뿐 근본적인 문제의 해결은 아니라고 생각한다. 그건 왕따와 폭력을 당하는 홍석구가 스스로 극복해야 할 문제라고 생각한다.

하지만 항보는 달랐다.

도루코 커터칼 하나를 움켜쥐고 소위 일진짱이라고 불리는 박창기와 똘마니들을 향해 괴성을 지르며 달려가 등짝을 그어 버린다. 삽시간에 복도는 아수라장이 된다. 창기는 찢긴 교복을 벗어던지고 주먹을 휘두르며 달려든다. 항보는 정말 영화처럼 폼 나게 맞장을 뜬다. 몇 차례 주먹이 오가고, 붕붕 나는 공중회전 발차기가 오가고, 유리창이 몇 장 박살 나고 이게 무슨 영화장면인가 하고 놀란 눈을 끔뻑이고 있을 때쯤이면 창기는 바닥에 쓰러져 피를 흘리고 있다. 항보는 확인 사살하듯 창기의 면상을 걷어차고 한마디 폼 나게 날려준다.

"미야모도 무사시라고 아냐? 가깝게는 최배달이 있지."

미야모도 무사시는 일본의 무사다. 자기보다 강한 상대를 찾아 유랑하며 자기류의 검법을 완성한 무사. 최배달도 극진 가라데의 창시자다. 둘 다 자기보다 강한 상대를 찾아다니며 진검 승부를 펼쳐 자기를 더 높은 경지로 끌어올렸던 남자들이다.

"네 주먹은 싸구려야!"

창기가 그 말의 뜻을 알아들었는지는 몰라도 그 후로는 주먹 휘두르는 일이 좀 줄어들었다. 하지만 가끔씩 붕대를 칭칭 감고 나타나곤 했다. 소문에 의하면 조폭 싸움에 동원되어서 얻은 상처라고 했다.

그렇게 항보가 하고 싶은 걸 내지르는 녀석이라면 나는 항상 머릿속으로만 생각하는 녀석이었다. 아무도 내가 반항아라고는 생각하지 않았다. 나는 영락없는 범생이였다. 그런 나에게 항보는 늘 사색형 반항아는 그만하고 자기와 같이 놀자고 했다.

"넌 유일하게 말이 통하는 친구야."

항보는 나를 좋아했고 나도 항보를 좋아했다. 하지만 나는 항보처럼 살 수 없었다. 엄마와 아빠를 실망시켜드릴 수는 없었다. 특별히 내가 효자라서 그런 것은 아니었다. 그냥 아무런 문제를 일으키지 않고 고등학교를 마치고 대학을 가야 한다고 생각했다.

그래서 나는 나를 통조림 깡통 속에 집어넣기로 했다. 생각조차 하지 말고 공부하는 기계가 되기로 마음먹었다. 교과서와 참고서 외의 책은 읽지 않기로 했다. 영화나 음악도 최소한으로 줄였다. 항보를 만나면 심장이 벌떡거렸기 때문에 항보도 만나지 않기로 했다. 생각도 하지 않기로 했다. 생각이 많으면 좋은 점수를 얻을 수 없다. 대학에 들어갈 때까지는 눈 감고 귀 막고 꾹 눌러 참고 살기로 했다.

하지만 항보의 자살을 접한 순간 통조림 뚜껑이 딱, 열리는 소리가 들렸다. 이렇게 사는 게 과연 잘하는 짓일까? 이게 나다운 것일까? 의문이 폭풍처럼 휘몰아쳤다.

"이걸이 왔구나."

항보 엄마가 알은체를 했다. 나는 꾸벅 인사를 했다. 흰 소복을 입은 항보 엄마는 소복보다 더 희고 차가운 느낌이었다. 항보 말에 의하면 항보 엄마는 이대를 나왔고 국정원에서 일한 경력이 있다고 했다. 지금은 그만두었지만 정말 그만둔 건지는 확실치 않다고 했다. 어딘지 모르게 첩보 영화를 보는 느낌이 들어서 신기해했던 기억이 난다. 하나뿐인 아들을 잃은 어머니의 얼굴이라고 하기엔 너무 곱고 차가와 보였다. 울지도 않은 것 같았다. 어쩌면 화장실에서 얼음물로 세수를 하고 부운 눈을 가라앉힌 다음 화장까지 하고 나와 있는지도 모른다.

"왔니?…… 뭣 좀 먹어라."

항보 아버지 역시 너무 차분했다. 마치 이런 일이 있을 거라 예상하고 미리 준비해온 사람 같았다. 항보 아버지는 명문 K대 영문학과 교수였다. 공부를 많이 한 사람일수록 자신의 감정을 잘 숨긴다. 못 배우고 무식한 사람일수록 고래고래 소리

하고 울고불고 난리를 친다. 싸울 때도 흥분해서 멱따는 소리를 지르고 평소에 밥을 먹을 때도 시끄럽다. 하지만 공부를 많이 한 사람은 침착하고 냉정하다. 속마음은 불덩이인지 몰라도 겉으로 볼 땐 얼음장처럼 차갑게 느껴진다. 항보 아버지도 울음을 속으로 삼키고 있는 것 같았다. 어쩌면 아들의 자살이 수치스럽게 여겨져 빨리 이 장례를 마치고 싶어하는 것 같기도 했다. 외부에 부음을 알리지도 않았는지 가까운 친족 몇 사람만 자리를 지키고 있을 뿐이었다.

"네가 신이걸이냐?"

얼굴이 가무잡잡하고 손가락 마디가 곰 발바닥처럼 뭉툭한 사십 대 후반쯤의 아저씨가 다가왔다.

신분증을 보여주지 않아도 느낌이 딱 경찰이었다.

"가만 보자, 곽항보. 그래 그 녀석이 어제 마지막으로 통화한 게 너였지?"

"그래서요?"

형사는 내 눈을 뚫어지게 쳐다봤다. 귀찮고 짜증 나 죽겠다는 표정이었다. 어쩐지 동물원에서 보았던 시커먼 대머리 독수리 같은 느낌이 들었다. 영화 속의 형사들을 보면 얻어터지고 다니거나 피곤에 찌든 모습인데 꼭 그랬다.

"왜요?"

"왜 죽었을까?"

"그걸 왜 저한테 물어요?"

"자살 원인이 있을 거 아냐."

형사는 보고서에 쓸 내용이 필요한 것 같았다.

"성적 비관이라고 하기엔 좀 찝찝하단 말이지. 성적 비관이라는 건 성적에 욕심을 내는 녀석이 하는 건데 항보는 공부에 욕심이 있는 애가 아니잖아? 근데 중학교 땐 전교 등수에서 놀았단 말이지."

"성적 비관 아니에요."

"그럼 왕따냐 하면 그것도 아니란 말이지. 일진짱을 때려눕히는 놈이 왕따를 당할 리가 없잖아?"

"당연하죠."

"그럼 가정 문제냐 하면 그것도 좀 그래. 부모님 둘 다 멀쩡하시고…… 이 정도면 엘리트 집안이잖아? 그럼 병이 아닐까? 우울증 같은 거 말이야."

"그런 거 아니에요."

"그럼 성폭행을 했다거나…… 도벽이 있었다거나……."

"자살 아니에요."

"뭐?"

형사의 눈빛이 번뜩였다.

"파워 오프예요."

"파워 오프?"

"스스로 존재하지 않는 그 무엇이 된 거죠."

형사는 잠시 말문이 막혔는지 나를 뚫어지게 보다가 수첩으로 머리를 툭 쳤다.

"자살 사이트 같은 데 드나들었다거나 이상한 종교 집단과 어울렸다던가…… 그런 거 아냐?"

"항보는 스스로 교주예요."

"자꾸 장난할래? 아저씨 바쁘다."

"걔는 일반 애들과 급이 달라요. 그러니까 찌질한 애들과 같은 범주로 놓고 취급하지 말아주세요."

"허, 이놈 봐라?"

형사가 히죽 웃었다. 들고 있던 수첩을 접어 들고 손바닥에 툭툭 치다가 시계를 보았다. 나방이 가로등 불빛에 모여 웅웅거리고 있었다.

"혹시 누가 자살을 사주했다거나 뭔가 의심쩍은 건 없냐?"

"그걸 왜 저한테 물으세요?"

"네가 제일 친한 친구라잖냐. 다들."

순간 가슴에 뭔가 치밀어 올랐다. 뜨거운 불덩어리 하나가 후끈 달아오르는 것 같았다. 모두가 나를 항보의 가장 친한 친구로 알고 있었다. 그런데 나는 내 생각과 내 계획 때문에 항보를 밀어낸 것이다. 과연 어제의 나는 항보의 친구였을까? 피가 거꾸로 치솟는 것 같았다.

"하, 어린 놈이 사람 헷갈리게…… 보통 애들이 자살할 때는 그 이유라는 게 뻔한 건데…… 어디에도 해당 사항 없이 저렇게 죽어버리면 난 짜증이 확 나거든. 왜 죽었지? 도대체 이유가 뭐야?"

형사는 형사인가 보다. 자살의 이유가 궁금해서 미치겠다는 표정이었다. 혹시라도 타살일 수 있다는 의심이 꼬리에 꼬리를 물고 있는 것 같았다.

"뭐든 생각나는 게 있으면 연락해라."

형사는 내 휴대폰을 낚아채서 자기 번호를 찍어주고는 저만치 터덜터덜 걸어갔다.

나는 밤새도록 영안실 앞에 우두커니 서 있었다. 항보의 영정을 마주 보고 있을 자신이 없었다. 어제 내가 항보를 만났다면 항보는 죽지 않았을지도 모른다는 생각이 머릿속에서 부글부글 끓어올랐다.

휴대폰이 부르르 몸서리쳤다.

엄마의 문자였다.

어디니?

나는 문자를 한참동안 바라보았다. 나는 지금 어디 있는 걸까? 내가 있을 곳에 있는 것일까? 엄마는 단순한 질문을 했지만 내게는 엄청난 질문처럼 느껴졌다. 너는 누구냐? 왜 사냐?

그렇게 묻고 있는 것 같았다.

밤을 꼬박 새우고 동이 틀 무렵 나는 인터넷 신문 한 귀퉁이에서 항보의 죽음을 다룬 손톱만 한 기사를 발견했다.

고교생, 약국 털어 자살

수면제를 환각제로 오인

독자를 낚시질하는 제목이었다. 기자의 대가리를 한 대 후려치지 않고는 못 배길 만큼 제목이 고약했다. 항보가 약국 유리창을 박살 내고 환각제를 훔치려다 수면제를 잘못 들고 나왔고, 그걸 치사량으로 먹고 놀이터에서 자다가 숨졌다는 것이다. 그리고 요즘 고교생의 자살 열풍은 과거의 성적 비관이나 왕따 문제와는 비교할 수 없을 만큼 진화하여, 약물중독으로까지 번지고 있다고 결론을 맺었다.

나는 기자의 전화번호를 수소문해서 항의 전화를 했다.

"여보세요?"

"네, 우길호 기잡니다."

"그 기사 잘못 됐어요."

"무슨 기사요?"

"항보는 환각제를 훔치려고 약국을 턴 게 아니에요. 약물중독 같은 거 아니라고요!"

"……."

"약국에 엑스터시 같은 환각제가 있다고 생각할 만큼 멍청이도 아니고, 항히스타민제 감기약과 수면제 아티반을 구별 못할 정도로 바보 아니거든요? 항보는 자살하기 위해 수면제가 필요했다고요!"

"……."

"여보세요? 내 말 듣고 있어요?"

"그래서요?"

"기사 고쳐주세요. 정정 보도해달라고요. 이건 죽은 사람에 대한 모욕이잖아요."

"참 나……."

저쪽에서 투덜거리는 소리가 들렸다. 확 치밀었다.

기자가 전화를 끊었다. 다시 전화를 걸어도 받지 않았다. 폭발 직전의 통조림 뚜껑이 열렸다. 얌전하게 공부만 하는 학생으로 살기엔 세상이 너무 엿 같았다.

갑자기 항보가 불쌍했다. 이런 억울한 오해나 받으려고 그렇게 죽었냐, 이 멍청한 놈아! 속으로 버럭 소리를 질렀다.

나는 항보가 자살했다는 놀이터로 갔다. 곳곳에 눈 녹지 않고 쌓여 있었다. 녀석이 쓰러져 있던 벤치에 앉아 보았다. 벤치는 통나무 모양의 시멘트였다. 항보는 어쩌면 이 자리에서 위선과 가식의 세상을 비웃었을까? 나는 항보처럼 몸을 눕혀 드러누워 보았다. 하늘을 가린 등나무가 보였다. 항보의 수많은 생각들과 감정들처럼 등나무 줄기들이 뱀처럼 얽혀 있었다.

텅 빈 그네가 바람에 흔들렸다.

놀이터라니…… 항보가 자살을 실행할 장소로 어울렸다. 아이들의 즐거운 놀이와 웃음이 가득해야 하는 곳. 그러나 많은 아이들이 폭력에 시달리기도 하는 곳. 어린 시절의 순수함을 묻어버리고 나오는 곳. 누군가를 짓밟고 올라가는 치열한 생존 경기를 배우는 곳. 어디선가 항보가 낄낄거리는 것 같았다. 나는 벌떡 일어나 주위를 둘러보았다. 아무도 없었다.

화단에는 새로 심은 나무들이 받침목의 부축을 받으며 서 있었다. 어쩌면 저것은 부축이 아니라 위협은 아닐까? 항보는 자기를 밀어 올리는 받침목을 스스로 치워버렸다. 그렇게 고꾸라지는 한이 있어도.

그때였다.

휴대폰이 떨었다.

항보의 이름으로 문자가 떴다.

너도 나처럼 딱 1년만 해봐라.

다음 블로그 아이디 ZORBA 비번 atman

놀라지 마라, 예약 문자다. ㅋㅋ

급히 집으로 돌아온 나는 내 방으로 들어가 컴퓨터를 켰다. 그리고 포털 사이트 '다음'으로 들어가 항보가 가르쳐준 대로 아이디 조르바(ZORBA)를 치고 비번으로 아트만(atman)을 쳤다. 조르바는 카잔차키스의 소설 『그리스인 조르바』일 테고, 아트만은 인도철학에서 자주 나오는 말로 인간 존재의 궁극의 핵으로 영혼이나 자아를 뜻한다.

항보의 비공개 블로그가 떴다.

'존재와 세계의 불화'라는 블로그 제목과 함께 어두운 블랙 톤의 화면이 검은 안개처럼 퍼져왔다. 우울한 그림과 사진, 우울한 음악이 도배된 항보의 아지트 같았다. 그리고 메인 창에 시가 하나 걸려 있었다. 중학교 3학년 때 항보가 교지에 싣겠다고 썼다가 퇴짜 맞은 시였다.

신이여 나를

나무가 왜 저기 있어야 하나요
바람은 왜 저기 불어야 하나요
나는 왜 나를 살아야 하나요
신이여,
만약 당신이 진정 계시다면 나를
이 세상에도
저 세상에도
우주의 끝에도
영원히 존재하지 않는

나는 밤새도록 항보의 블로그를 뒤지며 그동안 항보가 했던 생각들을 더듬었다. 항보의 눈에 비친 이 세상은 가장 추악하고, 혐오스럽고, 희망의 가능성이라고는 눈곱만큼도 없는, 쇠창살의 감옥이었다.

블로그 맨 위, 가장 최신 글에 항보가 내게 보낸 편지가 있었다. 나는 마른침을 꿀꺽 삼켰다.

내 친구 신이걸에게

나는 지난 1년 동안 온몸을 던져 이 세상이 그래도 희망을 품고 살아야 할 곳인지, 아니면 모든 가식과 거짓 희망을 버리고 스스로 존재를 소멸해야 할 곳인지를 물었다. 그리고 마침내 결론을 내렸다. 이 세상은 살아 있을 가치가 없는 곳이다. 살아 있다는 건 죽음을 두려워하는 겁쟁이들의 변명에 불과하다. 이걸아, 너라면 진실과 마주칠 배짱이 있을 거다. 너도 나처럼 딱 1년만 살아봐라. 통조림이 되는 건 그 후에 해도 늦지 않다. 어느 누구도 강제로 너를 튜닝하게 놔두지 마라. 너를 무장해제 하지 마라. 너는 스스로 네 운명과 맞장을 뜨길 바란다. 그리고 나와 같은 결론에 도달하든, 나와 반대의 결론에 도달하든 그때 선택해라. 제발 그러길 바란다. 우린 다시 만날 거다. 지옥이든 천국이든 저승이든 피안이든, 영혼이든 몸이든, 우주에 떠도는 하나의 먼지든…… 우린 다시 만날 거다. 그때 우리가 본 것에 대해 이야기하자. 아니, 어쩌면 만나지 못할 거다. 그건 솔직히 나도 모르겠다. 내 죽음 뒤에 우린 진짜 소통할 수 없을 테니까. 어떤 방식으로든…… 그러니 문자는 보내지 마라.

내 통조림 뚜껑이 마침내 완전히 뜯겨졌다. 나는 혼자 중얼거렸다. 그래, 나도 1년 동안 너처럼 살아볼게. 이 세상과 정면으로 부딪쳐볼게. 하지만 난 너와 다른 결론에 도달할 거야. 그래서 너한테 한 방 먹여줄 거야. 넌 너무 성급했어. 멍청아! 너만 쪼다 된 거야. 너만 호구 된 거야. 너만 기회를 놓친 거야. 그렇게 한 방 크게 갈겨줄 거야.

# 내가 나를 튜닝하겠어

어떤 정신병자가 갓난아기를 입양해서 개사육장에서 개와 함께 길렀다. 아이는 개와 함께 10년을 살았고 개처럼 네 발로 뛰어다니고, 개처럼 짖으며, 개밥그릇을 핥으며 사료를 밥으로 먹고, 말하는 대신 으르릉 컹컹 짖는 개 인간이 되었다. 만약, 갓난아기에게 쥐나 뱀이 예쁘고 아름다운 동물이고, 토끼나 사슴은 혐오스런 짐승이라고 가르친다면 그 아이의 미적 감각은 어떻게 될까?

_항보

벚꽃이 휘날리는 봄, 엄청난 사건이 일어났다. 목련꽃이 갑자기 쿵 하고 땅으로 떨어져 박살나듯 그 사건은 눈 깜짝할 사이에 일어났다. 일명, 시체놀이 사건이라고도 불리는 이 사건은 전교생에게 씁쓸한 충격을 주었고 인근 학교까지 소문이 쫙 퍼졌다.

사건의 전말은 이렇다.

박창기는 학교에서 주먹 좀 쓴다는 애들 중에 단연 돋보이는 녀석이었다. 키는 180센티미터가 넘었고 탄탄한 식스팩 초콜릿 복근을 갖고 있었다. 근육질 몸매만큼이나 싸움 실력도 뛰어나서 학기 초에 이미 3학년 일진짱을 때려눕혔고, 인근 유흥업소의 조폭과도 잘 알고 지냈으며, 심야에는 폭주족과 어울려 다녔다.

노진욱은 한마디로 평범한 아이였다. 공부는 중간, 키도 중간, 특별한 장기도 없고 개성도 없는 존재감 없는 아이. 어디선가 본 듯한데 생각해보면 어디서 봤는지 잘 기억이 안 나다가 우연히 앨범을 뒤적이다 보면 그제야 '아, 작년에 같은 반이었지' 하며 고개를 끄덕이게 되는 아이.

그 노진욱이 어느 날 학교에 최신형 노트북을 학교에 들고 왔다. 정말 고급 제품이었다. 존재감 없는 진욱이가 노트북으로 시선을 끌고 싶었는지, 아니면 그런 값비싼 노트북을 들고 와봤자 누구의 시선도 끌지 않을 거라고 안심을 했는지는 모른다. 하지만 그런 물건을 학교에 들고 오는 건 배고픈 고양이 앞에 생선을 살랑거리며 냄새를 풍기는 짓인 줄 왜 몰랐을까?

창기는 진욱이의 노트북을 보는 순간 눈에 불꽃이 튀었다. 아마 그 순간 창기의 귀에는 오토바이 엔진의 폭발음이 들렸을 것이다. 창기의 눈에는 그것이 노트북이 아니라 바이크 엔진으로 보였다.

폭주족과 어울려 다니며 심야 질주를 일삼던 창기는 노트북 따위엔 애초에 관심도 없었다. 다만, 자신이 타고 다니는 50CC 스쿠터가 폭주족들의 125CC 바이크에 비하면 너무나 초라하고 쪽팔렸을 뿐이었다. 겨우겨우 돈을 모았지만 기껏해야 중고 바이크를 살 수밖에 없었다. 중고는 역시 중고. 폭주족의 속도를 도저히 따라갈 수 없었다. 창기는 자신의 바이크를 똥차라고 비웃는 폭주족 형님들의 비웃음에 똥줄이 탔고, 머릿속엔 어떡하든 바이크를 튜닝해서 성능을 높이고 싶다는 생각뿐이었다.

문제는 역시 돈이었다. 엔진을 업그레이드하고, 차체의 무게를 줄이고, 폼 나는 불꽃 디자인으로 도색을 하려면 많은 돈이 필요했다. 그즈음에 창기의 눈에 비친 진욱이의 새 노트북은 오토바이 튜닝에 필요한 강력한 새 엔진이었다.

"좀 보자."

창기는 진욱이의 노트북을 강탈했다. 얼떨결에 노트북을 빼앗긴 진욱은 돌려달라고 사정했다. 그러나 창기는 곧바로 노트북을 들고 나가 팔아버렸고, 자신의 중고 오토바이에 새 엔진을 달았다.

문제는 진욱이 아빠였다.

우리 주변에는 꼭 그런 아빠들이 있다. 친구와 싸우다 맞고 오면 더 야단치는 부모 말이다. 이유 여하를 막론하고 일단 싸우면 꼭 이겨야 한다. 맞고 울면서 온 아이를 달래기는커녕 가차 없이 떠밀며 가서 맞은 만큼 패주고 오라고 내몬다. 무서운 생존경쟁의 벼랑 끝에서 살아남은 사자 아빠들은 그것이 애들을 위한 최선의 교육이라고 착각하는 것이다. 물려줄 것이 없는 아빠일수록 더욱 그렇다.

진욱이 아빠가 그런 부류였다.

"가서 찾아와."

노트북을 찾아오지 못하면 집에 들어올 생각도 말라고 진욱이를 윽박질렀다. 진욱이는 어려서부터 맞고 오면 더 혼이 났다. 싸우면 꼭 이겨야 했고 맞으면 그만큼 되돌려줘야 한다고 배우며 자랐다.

그동안은 고만고만한 아이들과의 싸움만 있었을 뿐, 창기처럼 강력한 상대와 만난 적은 없었다. 창기는 골리앗이었지만 진욱이는 다윗이 아니었다. 마침내 진욱이는 생애 최대의 난관에 부닥치게 된 것이다.

처음엔 말로 사정을 했다. 하지만 창기는 들은 척도 안 했다. 진욱은 졸졸 따라다니며 애원을 했다. 창기는 귀찮아서 진욱이를 밀어버렸다. 넘어진 진욱이는 이를 악물고 좀비처럼 따라붙으며 노트북을 돌려달라고 했다.

그러기를 몇 날 며칠, 마침내 참다 참다 견딜 수 없어진 창기는 진욱이 얼굴에 주먹을 날렸다. 진욱이 얼굴에 시퍼런 멍이 들었다. 아들의 얼굴을 본 진욱이 아빠는 펄펄 뛰었다.

"이 한심한 놈아! 노트북을 빼앗긴 것도 모자라 이젠 얻어맞기까지 해? 넌 맨날 그렇게 당하고만 살래? 그런 약해빠진 정신 상태로 앞으로 험난한 세상을 어떻게 살아갈래? 넌 마누라도 뺏기고 살 놈이야! 당장 가서 그 자식 패주고 노트북 찾아와! 울어? 눈물 쏙 들어가게 한번 맞아볼래?"

진욱이는 그렇게 또다시 강제로 떠밀렸다. 진욱이는 창기를 상대로 싸워 이길 엄두가 나질 않았다. 전전긍긍하며 고민하던 끝에 진욱이는 마침내 결심했다.

기습!

진욱이는 수업 시간 내내 볼펜을 손에 쥐고 생각에 잠겨 있었다. 수업이 끝나자마자 책상 위로 훌쩍 뛰어 올라가 단 세 걸음에 맨 뒤의 창기 자리까지 날듯이 달려가 볼펜을 쑤셔 박아버린다. 혹은, 수업 끝나고 화장실 가는 창기의 뒤로 다가가 등을 찍는다. 그리고 열나게 밟아버린다.

진욱이는 수업 끝나는 종이 울리자 눈을 질끈 감고 책상을 밟고 올라가 창기의 자리를 향해 달음질쳤다. 진욱이는 아직 자리에서 일어나지 않은 아이들의 놀란 눈과 마주쳤다. 진욱이의 동작은 생각보다 훨씬 느렸다. 어? 이게 아닌데? 하는 순간 진욱이의 발이 삐끗했다. 진욱은 비틀거리며 우당탕탕 넘어졌다. 화장실 가던 창기와 아이들이 쳐다보고 웃음을 터뜨렸다.

"저게 미쳤나?"

순간, 진욱이는 온몸이 쑤셨지만 손에 쥔 볼펜을 더욱 세게 움켜잡았다. 그리고 창기를 향해 죽기 살기로 달려갔다. 창기의 등을 향해 볼펜심을 콱 박았다. 하지만 볼펜이 교복을 뚫고 들어가진 못했다. 창기는 좀 아팠을 뿐이었다. 진욱이는 당황했다. 볼펜이 등에 박혀 피가 튀고 아이들은 진욱이의 살벌함에 놀라고 창기는 쓰러져 신음하며 싹싹 빌었어야 했다.

"지, 진욱아, 미안하다. 내가 잘못했다. 노트북은 팔았지만 다시 새 걸로 사줄게. 꼭 돌려줄게!"

이렇게 되는 장면을 상상했다.

하지만 볼펜은 박히지 않았다. 그 순간, 창기는 생각했을 것이다. 찔리진 않았지만 이건 상징적인 사건이다. 박창기가 노진욱한테 볼펜에 찍혔대. 그런 소문이 돌면 개쪽이다. 더구나 졸업하면 들어가기로 약속된 조직의 형님들 귀에 이 소문이 돌기라도 하면 끝장이다. 잘나가는 조폭의 조직원이 되는 건물 건너간 꿈이 된다. 당장 옆 학교의 짱들이 비웃으며 만만하게 보고 개떼처럼 덤벼들 것이다.

이건 절대로 그대로 넘어갈 수 없다.

그렇게 판단한 순간 창기는 있는 힘껏 진욱이의 면상을 주먹으로 후려쳤다. 마치 영화에서나 볼 수 있는 팽그르르 360도 회전으로 진욱이의 몸뚱이가 돌면서 넘어졌다. 그 순간, 진욱이의 뒷머리는 책상 모서리를 찍었다. 그러나 아무도 그 순간을 눈치채지 못했다. 360도 회전의 스턴트맨 같은 맞음 동작이 너무도 화려했고, 머리에 피도 나지 않아서, 아이들의 시선은 곧 엄청난 파괴력의 주먹을 날린 창기에게 쏠렸다.

창기는 이 정도면 체면은 지킬 수 있게 되었다고 생각했는지 피식 웃음을 한번 날려주곤 화장실로 갔다.

진욱이는 그대로 1분단과 2분단 책상 사이의 통로에 엎어진 채 정신을 잃었다. 아이들이 툭툭 건드리며 일어나라고 했다. 하지만 진욱이는 그대로 눈을 감은 채 한쪽 뺨을 바닥에 붙인 채 두 팔을 위로 뻗고 쓰러져 있었다.

"쪽팔리겠다."

"시체놀이냐?"

애들은 그렇게 킥킥 거리며 제 볼일을 보러 갔다. 그렇게 십 분의 쉬는 시간이 지났다.

수학 선생이 수업을 하러 들어왔고, 아이들은 자기 자리에

았았다. 어수선한 분위기가 잠잠해진 순간, 아이들과 수학 선생의 시선이 통로에 엎드려 있는 진욱이에게 쏠렸다.

"저건 뭐냐?"

"자나 본데요……."

애들이 변명했다. 그러면서 아이들의 시선은 뭐냐? 저건? 진짜 자는 거냐? 기절한 건가? 멍충이! 무언의 비난이 진욱이의 등 위로 쏟아졌다.

"인마, 일어나! 여기가 너희 집 안방이냐?"

수학 선생이 소리쳤다.

그래도 진욱이는 일어나지 않았다.

"깨워."

수학의 말에 진욱이 쓰러져 있는 자리 바로 옆의 수진이가 귀찮다는 표정으로 들고 있던 펜을 참고서 사이에 꾹 찔러놓고 진욱이의 등을 톡톡 건드렸다.

"일어나. 수업 시작했어."

"……."

"일어나!"

"……."

"노진욱!"

"……."

진욱이는 일어나지 않았다. 수학 선생이 어이없다는 표정으로 와서 진욱이를 흔들었다. 귀를 잡아 당겼다. 옆구리를 찔렀다. 툭툭 발로 찼다. 지휘봉 겸 몽둥이로 엉덩이를 툭툭 때렸다.

그래도 진욱이는 일어나지 않았다.

순간, 수학 선생의 표정이 굳어졌다. 뭔가 이상하다. 그제야 킥킥대던 아이들의 표정도 변했다. 수학 선생이 진욱이의 몸을 뒤집어 숨을 쉬는지 확인했다. 눈꺼풀을 까보니 동공이 풀려 있었다. 진욱이의 손에서 볼펜이 또르르 굴러 내렸다.

진욱이는 아직도 식물인간으로 중환자실에 누워 있다. 나는 몇 번 면회를 갔지만 진욱이를 만날 수는 없었다. 대신, 중환자실 앞에 푹 꺼진 쌀자루처럼 주저앉아 한숨만 토해내고 있는 진욱이 엄마와, 벽에 붙어 서서 고개를 떨어뜨리고 땅만 바라보고 있는 진욱이 아빠를 보았다. 두 분은 세상을 한꺼번에 다 잃은 사람들 같았다. 뱀이나 매미가 벗어놓은 허물, 허깨비가 따로 없었다.

그 사건으로 병원 신세를 지고 있는 애가 하나 더 있는데, 진욱이 옆자리에서 공부하던 수진이였다. 사건 직후 수진이는 며칠 결석을 했다. 수진이가 신경정신과에서 나오는 걸 보았다는 소문도 간간이 들려왔다. 밤잠을 못 자고 진욱이의 환영에 시달리고 있다는 소문도 있었다.

그럴 만도 했다. 수진이가 조금만 더 관심을 갖고 진욱이를 깨우려 했다면 진욱이 상태가 심상치 않다는 걸 빨리 발견했을 것이고 조금만 더 빨리 병원으로 옮겼으면 뇌출혈로 식물인간까지 가지는 않았을 거라는 죄책감이 수진이의 마음을 할퀴었다. 아이들은 면죄부를 받기 위해 수진이를 비난했다.

"어쩌면 옆자리에 쓰러져 있는데 자기 공부만 하고 있을 수 있니?"

그때 수진이는 영어 공부를 하고 있었는데, 3등급 언저리에서 놀고 있는 외국어를 1등급으로 올리지 못하면 Y대는 포기해야 하고, 그러면 집에서는 인간으로 취급도 받지 못한다는 나름의 절박함이 있었다.

"아빠는 언제나 그랬어. 남의 일에 상관하지 말라고. 국회의원 집의 개가 죽으면 문상객이 백 미터 줄을 서지만, 국회의원이 죽으면 개도 안 온다고. 내가 남 챙길 생각하지 말고 남이 날 챙기게 하라고. 그러려면 내가 잘나가야 한다고. 아빠 말 잘 들은 게 잘못이니? 나도 진욱이가 장난치는 줄만 알았어. 왜 다들 나만 갖고 그래?"

언젠가 수진이는 울면서 말했다. 그제야 몇몇이 수진이 잘못이 아니라고 위로하며 사과했지만 그런다고 마음의 상처가 사라지진 않았을 것이다.

창기도 한동안 고통스런 시간을 보내야 했다. 몇 번 경찰서에 불려 가서 조사를 받았다. 진욱이 부모님이 처벌을 원치 않는다며 합의를 해주어서 다행히 형사 처분은 받지 않게 되었지만 말수가 부쩍 없어지고 결석도 잦아졌다. 학교 후미진 곳에 멍하니 앉아 있는 창기를 자주 목격할 수 있었다.

사실 창기에게 그 일은 싸움도 아니었다. 그냥 한 대 쳤을 뿐이었다. 싸움을 할 때는 언제나 붕붕 날며 각목을 들고 찍고 패고 꺾어도 며칠 지나면 맞은 놈들이 다 멀쩡하게 나타났다. 사람이 그렇게 어이없이 픽 쓰러져 식물인간이 될 수도 있다는 건 꿈에도 생각하지 못했다. 창기가 진욱이를 친 건 조폭 형들에게 배운 대로 했기 때문이었다.

"개기는 놈은 초전박살! 응? 초전박살! 안 그러면 아새끼들이 끝까지 물고 달려들거덩. 우리는 뒤통수에도 눈이 달린 게 아니거덩. 그러니까 처음 개길 때 잔인하게, 다시는 덤벼들 꿈도 못 꾸게, 아작을 내야 하는 거거덩. 알겠냐?"

그렇게 세뇌되었기 때문이다. 설마 이런 일이 일어나리라곤 상상도 못했을 터였다.

나는 학원버스를 타고 가면서 몇 번 창기가 폭주족과 어울려 오토바이를 타고 질주하는 것을 보았다. 진욱이의 노트북과 바꾼 엔진의 폭발음이 아스팔트를 찢고 귀청을 찢었다. 아마 그 순간 창기의 마음도 갈가리 찢어지고 있지 않았을까?

붉은색 바이크는 정말 멋있었다. 소음기를 떼어낸 머플러는 람보가 들고 다니던 M60처럼 생겼다. 쏴서 갈겨대는 듯한 폭발음은 좀 촌스럽기는 했지만 어딘가 폭발하지 않으면 온몸이 터져버릴 것 같은 고교 생활에 대한 야유 같기도 했다.

그렇게 보름쯤 지난 후였다. 창기가 바이크와 함께 아스팔트 바닥을 30미터나 굴렀다는 소식이 날아왔다. 뱀처럼 구불구불한 국도에서 시속 100킬로미터 속도로 달리다가 커브 길에서 미끄러졌다고 했다. 헬멧은 깨지고 가죽 재킷은 아스팔트 바닥에 쓸려 구멍이 났다고 했다. 피부는 찰과상. 그래도 정강이뼈가 부러진 것 말고는 심각한 부상이 아니었다.

나는 그게 사고였을까 의심스러웠다. 폭주족들은 흔히 여자애들을 뒤에 태우고 달리기 일쑤였고 창기도 별로 다르지 않았는데 그날만큼은 이상하게 혼자 타겠다고 고집을 부렸다고 했다. 바이크 타는 솜씨가 탁월한 창기가 겨우 그 정도 난이도의 길에서 사고를 당했다는 게 믿어지지 않았다.

"일부러 넘어진 거 아냐? 죄책감 때문에……."

내 질문에 창기는 병실 창밖을 물끄러미 바라보다가 순순히 자백을 했다.

"맞다……."

"그래서 죽으려고?"

"꼭 죽겠다는 생각은 아니었어. 그냥 동전 던지기였지. 앞면이 나오든 뒷면이 나오든 운에 맡긴다. 오토바이와 함께 쓰러졌을 때, 죽으면 죽고 살면 산다…… 뭐, 그런 거였어. 근데 겨우 요만큼밖에 안 다쳤다. 이거 좋아해야 하는 거냐? 말아야 하는 거냐?"

창기는 그렇게 말하며 깁스한 다리와 목발을 바라보았다. 깁스 위에는 온갖 낙서들이 가득했다.

'빨리 나아라, 폭주족 원숭이 나무에서 떨어지다, 불꽃 무늬는 역시 촌스러워, 운이 엿 같지?' 등등.

나는 창기의 깁스 위에 네임 펜으로 크고 굵게 여러 번 덧칠해서 잘 보이게 써주었다.

네 잘못이 아냐.

창기가 내 얼굴을 빤히 쳐다봤다.

나는 말없이 웃어주었다.

항보의 블로그 생각이 났다. 항보는 개 사육장에서 사육된 인간 아기는 결국 개 소년이 되었다고 했다. 우리가 그 개 소년과 다를 바가 무엇일까?

만약에 진욱이가, 아빠로부터 약육강식과 적자생존의 논리로 무장한 인생 철칙을 교육받지 않았다면 이런 끔찍한 일이 일어났을까? 창기가, 조폭들에게 첫 순간에 완전히 조져야 한다는 걸 뼛속 깊이 배우지 않았다면 굳이 진욱이에게 주먹을 날렸을까? 수진이가, 아빠에게 남의 일에 상관하지 말라고 교육받지 않았다면 그렇게 무심하게 모른 척하고 자기 공부만 하고 있었을까?

항보는 블로그에서 말했다

지금의 나는 과연 진정한 나일까? 내가 조선 시대에 태어났다면 상놈 취급을 당하며 공부는 꿈도 못 꾸었을 것이다. 공부하겠다고 하면 상놈 주제에 하며 몰매를 맞았을지도 모른다. 북한에서 태어났다면 공산주의자가 되었을 것이고, 아랍인으로 태어났다면 미국을 상대로 폭탄 테러범이 되었을지도 모른다. 아메리카 인디언으로 태어났다면 위대한 대자연과 호흡하는 법을 배웠을 것이고, 에스키모로 태어났다면 혹한의 야생에서 살아남는 법을 배웠을 것이다. 나는 내가 원하는 것이 아니라 누군가가 나에게 강요하는 것을 배워야 했다. 그러니까 교육이란 말하자면 강제 튜닝이다. 내 원래의 모습을 자기들 입맛에 맞게 바꾸는 것, 성능과 디자인을 개조하는 것. 교육이란 고차원적으로 노예를 만드는 방법이다. 나는 더 이상 강제로 튜닝 당하지 않겠다.

_항보

오늘 아침에도 하두락은 교문에서 규정 위반이라는 이유로 긴 머리카락을 싹둑싹둑 잘렸고, 팔뚝에 붙인 스티커 문신을 벅벅 지워야 했다. 문신은 로커가 꿈인 하두락의 자기표현 방식이다. 두락이의 개성이다. 그러나 두락이는 학생이라는 이유로 개성적인 표현을 금지당하고 수치와 모욕을 당해야만 했다.

영일이는 인터넷 상에서 제법 알아주는 컴퓨터 프로그래머다. 영일이가 만든 몇 개의 공개 프로그램은 상당한 인기를 누리고 있다. 인터넷 상에서 영일이는 존재감 있는 녀석이다. 하지만 학교에서는 그냥 공부 못하는 애로 낙인찍혔다. 영일이의 재능은 무시되고 학교가 정해놓은 기준으로만 평가된다.

언젠가 항보가 내게 말했다.

"어릴 때였어. 엄마가 새 겨울 코트를 사주셨지. 그때 난 굴다리 밑의 노숙자가 생각났어. 더러운 바짓가랑이 밑으로 쑥 나온 더럽고 앙상한 맨발이 떠오르는 거야. 그래서 그 비싼 겨울 코트를 노숙자 아저씨한테 갖다 줬지. 그래서 어떻게 됐는지 알아?"

"야단맞았나?"

"응."

"나도 그런 적 있어."

"바로 그 순간 우리는 강제로 튜닝을 당한 거지."

"?"

"사실 난 겨울 코트가 하나 더 있었기 때문에 새 옷을 노숙자에게 주어도 하나도 아깝지 않았어. 오히려 어른들에게 칭

찬받을 줄 알았어. 착한 일을 했다고. 하지만 그때 엄마는 날 야단침으로써 내 생각을 튜닝한 거야."

"어떻게?"

"누군가를 도울 때의 한계선을 무의식 속에 그은 거지. 누군가를 돕더라도 적당히 하는 거다. 내 것부터 챙기고 남는 걸로 하는 거란 말이야, 이렇게."

항보는 또 말했다.

"넌 아마존의 어떤 원시 부족보다 우리가 월등히 뛰어나다고 생각하지?"

"응."

"정말 그럴까? 너 그 문제를 진지하게 고민해본 적 있어?"

"!"

"자연을 파헤치는 건 어쩔 수 없다고 누군가 네 생각을 튜닝한 건 아닐까? 문명은 좋은 거라고…… 피할 수 없는 거라고. 하지만 어떤 사람은 만리장성이나 피라미드를 보고 슬픔과 분노를 느껴. 얼마나 많은 사람들을 노예로 만들어 학대했는지를 보여주는 그 증거물이라고 하면서 말이지."

"정말 그렇게 볼 수도 있겠다."

"네 안에 있는 생각이나 욕망, 꿈 그런 것들이 사실은 애초부터 네 것이 아닐 수도 있다는 거지."

그랬다. 난 학교를 다니고 싶다고 생각한 적이 없다. 그냥 남들이 다니니까 다닌 것이다. 내 가치관이나 문화 유행도 마찬가지다. 만약 태어나서 지금까지 나를 가만히 자연 상태로 놔두었다면 나는 지금쯤 무엇을 생각하고 무엇을 하며 살고 싶어할까?

"오늘부터 문예반은 폐쇄하기로 결정되었다. 그렇게 알도록."

국어 손동훈 선생님이 그늘진 얼굴로 말했다. 겨우 교실 반의 반쪽만 한 문예반 좁은 공간 안에서 우리는 모두 소스라치게 놀랐다.

"갑자기 그게 무슨 말씀이세요? 아무런 예고도 없이……."

나는 놀란 토끼처럼 귀를 쫑긋 세우고 물었다.

"사실은 한 달 전에 결정 난 거였다."

"근데 왜 말씀을 안 해주셨어요?"

"너희들에게 실망을 주고 싶지 않았다."

"그래도 결국 알게 될 거잖아요. 그리고 미리 알았으면 뭐라도 좀 해봤을 거 아녜요?"

나는 정말 숨구멍이 콱 막히는 것 같았다.

"너희들에게 알리기 전에 내 선에서 어떻게든 해보려고 애를 써봤다. 교장 선생님을 따로 만나 설득해보고 이사장님도 만나봤어. 하지만 결국 거절당했다."

"이유가 뭔데요?"

"뻔한 거 아니냐. 학교 입장에선 너희들을 조금이라도 더 좋은 대학에, 조금이라도 더 많이 보내는 게 최선의 목표라고 생각하는 거지."

"학교가 입시 학원은 아니잖아요?"

"네 말이 맞아. 하지만 어쩌겠니? 이게 현실인걸……."

납득할 수 없었다. 문예반은 내게 숨구멍이었다. 일주일에 한 번 문예반 모임 시간 때문에 다른 건 참고 버틸 수 있었다. 하지만 이것마저 없어진다면? 나는 사막에 남겨진 조난자가 된 기분이었다.

역시 항보의 말이 옳다. 어른들은, 이 세상은 우리를 강제로 튜닝하고 있는 것이다. 그래서 항보는 죽음으로 그것을 거부했다. 하지만 나는 항보와 같은 방법을 쓸 수 없다.

과연 어떻게 해야 할까?

손동훈 선생님의 그늘진 얼굴은 단지 문예반 폐쇄 때문만은 아니었던 것 같다. 학교 방침과의 충돌이 문예반 폐쇄 사건으로 불거진 것일 뿐. 얼마 후 선생님이 학교를 떠난다는 소식이 들려왔다. 교장과 싸운 덕분에 쫓겨나는 거라는 소문이 파다했다. 명문 사학이 아니라 멸망 사학이라는 생각이 들었다.

나는 매일 밤 꿈을 꿨다. 문예반 폐쇄를 거부한다! 피켓을 들고 일인 시위를 하다가 선생님들에게 끌려가는 꿈. 하두락이 교문 앞에서 로커처럼 꾸미고 교문보다 큰 거대한 앰프를 켜놓고 전기기타를 치는 꿈. 그 엄청난 사운드에 학교의 모든 유리창이 다 터지면서 우박처럼 쏟아지는 꿈. 영일이가 자퇴하고 학교를 뛰쳐나가 컴퓨터 프로그래머로 활약하는 꿈. 고교생 CEO가 되어 대박 나고 신문에도 나오는 꿈. 내가 아마존의 원주민이 되어 악어와 싸우는 꿈. 중국 무협지에 나오는 중원의 무사로 태어나 무술 연습을 하는 꿈.

하지만 모두가 꿈이었다. 학교는 날마다 똑같이 굴러갔다. 나는 항보를 생각했다. 죽음은 도망치는 방법이다. 도망치지 않고 튜닝 당하지 않는 방법이 무엇일까? 숙제처럼 나를 괴롭혔다.

목요일이다. 금요일은 일주일에 한 번씩 치르는 쪽지 시험이 있는 날. 그래서 목요일은 죽었다 깨어나도 영어 단어를 외워야 한다. 그리고 미리 내준 수학 문제도 풀어야 한다. 목요일 날 죽치고 앉아 공부한 사람은 평소 꼴찌여도 1등을 할 수 있고, 평소 1등을 하던 아이도 그날 공부를 안 하면 빵점을 맞을 수도 있는 시험이었다.

그러니까 목요일 날은 천재지변이 일어나지 않는 한 무조건 쪽지 시험공부를 해야 했다. 시간을 강제하는 보이지 않는 감시 카메라다. 인권침해다. 더구나 그 점수를 기준으로 몽둥이

찜질을 한다는 건 인격 모독이다.

나는 쪽지 시험 예상 문제를 접어서 서랍에 넣었다. 그리고 평소에 듣고 싶은 음악을 들었다. 에피톤 프로젝트, YB밴드, 허클베리 핀, 나윤선과 알리, 부활과 산울림.

음악을 듣고 책꽂이를 뒤졌다. 언젠가 보겠다고 생각했던 니코스 카잔차키스의 『그리스인 조르바』를 읽었다. 갑자기 조르바가 내 가슴을 뜨겁게 방망이질하였다. 영화 〈죽은 시인의 사회〉에 나왔던 키팅 선생도 떠올랐다. 통조림으로 살 때는 느끼지 못했던 쾌감이 나를 전율하게 했다. 새벽 두시까지 나는 공부를 접고 하고 싶은 걸 실컷 했다.

당연히 쪽지 시험은 망쳤다. 담임은 내 허벅지를 몽둥이로 때리며 정신을 어디에 팔았냐고, 야단을 쳤다.

다음 날 나는 책가방에서 교과서와 참고서를 다 뺐다. 그리고 MP3와 『씨네21』, 그리고 어제 읽던 『그리스인 조르바』를 넣었다.

교문을 통과하는데 하두락이 또 문신을 걸려 지우고 있었다. 불쌍한 녀석, 하지만 하두락은 진정한 로커다. 저렇게 매일 걸릴 걸 알면서도 끝까지 판박이 문신을 하고 온다. 나는 속으로 '하두락 화이팅!'을 외쳤다.

교실에 들어온 나는 교복 상의를 벗었다. 속에 받쳐 입은 반팔 티는 클림트의 〈포옹〉이 프린트되어 있는 샛노란 색이었다. 키가 커다란 남자의 품에 파묻히듯 안겨 있는 여자의 표정은 언제 보아도 황홀하다.

"신이걸! 너 미쳤냐?"

아이들의 시선이 내게 꽂혔다. 신기해하는 아이들, 앞으로 벌어질 일에 흥미진진해하는 아이들의 시선을 한몸에 받으며 나는 이어폰을 귀에 꽂았다. 그리고 『그리스인 조르바』를 읽기 시작했다.

첫 수업은 국어 시간이었다. 손동훈 선생님은 나를 보더니 한동안 가만히 쳐다봤다. 아이들이 나와 선생님 양쪽을 번갈아 보며 침을 꿀꺽 삼켰다. 선생님이 천천히 내 옆으로 다가왔다.

내가 읽고 읽는 책의 표지를 슬쩍 떠들어보았다. 그리고 이어폰 한쪽을 빼서 자기 귀에 꽂아보았다.

그러더니 피식 웃으며 물었다.

"어때? 짜릿하냐?"

"!"

그 질문에 나는 전기에 감전된 듯 몸이 부르르 떨렸다.

"네."

나는 눈웃음을 쳤다.

"나는 그렇다 치고 다른 수업 시간엔 어쩔 셈인데?"

"그건 그때 가서 생각할 거예요. 지금은 지금이니까요. 선생님은 이런 저한테 어떡하실 건데요?"

내 질문에 손동훈 선생님은 피식 웃더니 엄지손가락을 치켜들었다. 그 손가락이 푸른 하늘처럼 시원해 보였다. 나도 엄지손가락을 치켜들었다.

"와아~."

"우우~."

아이들의 탄성이 터졌다. 책상을 두들기는 아이도 있고, 코웃음 치는 아이도 있었다.

"오늘이 내 마지막 수업이다. 이 시간은 너희들이 하고 싶은 걸 맘껏 해라. 단, 옆 사람이나 다른 반에 피해를 주는 건 안 된다."

"정말요?"

아이들의 눈이 휘둥그레졌다. 하지만 아이들은 정작 자유가 주어져도 뭘 해야 할지 몰라 우왕좌왕했다. 내 가방을 뒤져서 다른 책을 꺼내 간 아이도 몇 있었지만 대부분은 전처럼 책상에 엎어져 자거나, 하던 공부를 계속했다. 손동훈 선생님은 뒷짐을 진 채 창밖의 흘러가는 구름만 바라보며 한 시간을 채웠다. 나는 조르바와 함께 지중해의 푸른 바다를 거닐었다.

2교시 수학 시간에 나는 무협지를 꺼내 들고 중원의 협객처럼 금강불괴를 익힌 무림 고수가 되어 대나무 숲을 날아다녔다. 그러나 얼마 지나지 않아 수학 선생님에게 귀를 잡혀 교무실로 끌려갔다.

교실로 돌아오면서는 항보를 생각했다. 강제 튜닝당하지 않는 방법은 얼마든지 더 있을 거라고. 내가 나를 튜닝하는 방법도 있을 거라고.

그러고 며칠 후 나는 진욱이를 보러 병원에 갔다. 열린 병실 문으로 먼저 와 있던 창기의 뒷모습이 보였다. 아직 목발을 짚고 있었다. 그 모습이 마치 보물섬의 해적 실버를 보는 것 같았다. 창기는 새 노트북을 진욱의 머리맡에 가만히 내려놓았다. 붉은색 커버가 반짝이는 최신형이었다.

"오토바이 일부러 박살냈다. 팔아서 네 노트북 사려고."

창기의 목소리가 파도처럼 내 마음으로 물결쳐 왔다.

"빨리 깨어나서 나를 한 방 갈겨라."

창기는 그렇게 한참 동안 의식이 없는 진욱이 옆에 서 있었다. 그 짧은 시간 동안 무수한 생각들이 이스트를 넣은 빵처럼 부풀어 오르고 있었다.

잠시 동안, 식물인간이 된 진욱이의 몸이 나무처럼 보였다. 진욱이의 손가락이 바람에 날리는 나뭇잎처럼 흔들리는 것 같았다.

그날 밤, 나는 항보의 블로그를 열고 글을 다시 읽었다. 그리고 탁탁탁 자판을 치며 댓글을 달았다.

이제 내가 나를 튜닝하겠어. 우리 모두가 그렇게 하게 될 거야. 각자의 방식으로 각자의 꿈을 위해. 절대로 자살이라는 방법으로 도망치지는 않을 거야.

_신이걸

# 주먹을 펴라

교도소에서 만난 종신형 죄수 둘이 서로 친구가 되었다. 교도소장이 말했다. 둘 중의 한 사람을 석방해줄 테니 둘이 의논해서 석방될 그 한 사람을 결정하라고. 둘은 어떤 결정을 내렸을까? A가 나간다. B가 나간다. 아무도 나가지 않는다. 둘이 원수가 된다.

지금 눈을 감고 생각해보라. 만일 친구의 불행이나 고통을 대신할 수 있다면 당신은 거리낌 없이 응할 수 있는 친구가 있는가? 예를 들면 죽음에 임박한 암, 수억 원의 빚, 살인죄 혹은 너무 초라한 외모, 실직의 고통, 불행한 가족사…….

우정은 특별한 조건 속에서 더 많은 나의 만족을 얻기 위해 이루어지는 한시적인 계약 관계일 뿐이다.

_항보

야자 시간.

창밖으로 붉은 해가 보인다. 남산 타워 건너편 서쪽 하늘은 검붉은 파도가 물결치고, 태양은 서서히 저 너머로 사라지고 있다. 하루 종일 나무와 빌딩과 새들과 놀던 태양이 이제는 혼자 가야 한다며 그것들을 남겨둔 채 사라지려 하고 있다. 아쉬워 붙잡으려는 남겨진 것들을 검게 물들이며 미련 없이 가려 한다. 어차피 태양과 지상의 사물은 정해진 시간만큼만 함께 할 수 있을 뿐이라는 듯.

교실 안에는 책장 넘기는 소리만이 울려 퍼졌다.

학원에 다니거나 과외를 받는 친구들은 이미 돌아가고 떨거지들만 학교에 남아 있다. 시간은 끈적끈적 흘러간다.

"신이걸, 넌 왜 남아 있냐? 너 학원 다니잖아?"

창기가 물었다.

"그냥."

정확한 이유는 모르겠다. 그냥 정해진 룰을 깨고 싶어서였을 것이다. 이 시간의 교실 풍경이 궁금하기도 했다.

"지랄……."

김예가 갑자기 벌떡 일어서더니 가방을 주섬주섬 싸기 시작했다. 그리고 한쪽 어깨에 가방을 둘러메고 성큼성큼 걸어 교실 문을 박차고 휑하니 나가버렸다.

"왜 저래?"

"편의점 알바 하잖아. 담임한테 야자 빼달라고 해도 학생이 공부가 중요하지 알바가 중요하냐고 안 빼줬거든."

"?"

"말이 알바지, 생활비 버는 거야."

"아……."

쿵쿵따와 하두락은 각자 이어폰을 귀에 꽂은 채 음악을 듣고 있다. 하두락은 헤드뱅잉을 하고, 쿵쿵따는 힙합 스타일로 손을 건들댔다. 둘은 안 어울리면서도 묘하게 어울렸다.

아이들의 연습장에는 수학 공식과 영어 단어로 채워지고 있다. 시간이 흐르면서 이상한 기운이 짓누르기 시작한다. 누군가는 볼펜으로 연습장을 마구 뭉개듯 그리다가 연습장이 찢어지도록 볼펜을 그어댄다. 누군가는 다리를 떨고 있다. 누군가는 또 뭔가를 자꾸 먹는다. 교복 대신에 흰 환자복을 입혀놓으면 정신병동이 따로 없을 것 같다.

그때였다.

맨 앞자리의 홍석구가 스르르 일어났다. 마치 유령처럼 뭔가에 홀린 듯 창가 쪽으로 걸어갔다. 그때까지만 해도 아무도 홍석구를 주목해 보지 않았다. 겨우 160센티미터를 넘는 작은 키에 배가 불룩하고 얼굴은 커다란 부엉이를 닮은 홍석구는 전형적인 왕따였다. 그 홍석구가 창가 맨 앞자리의 빈 의자를 꺼내더니 번쩍 치켜들고 교실 유리창을 향해 있는 힘껏 집어 던졌다.

와장창창!

의자가 유리창을 박살 내며 캄캄한 밤하늘을 향해 포물선을 그으며 날아갔다. 교실에 별빛 같은 유리 파편이 쏟아졌다. 창밖으로 날아간 의자는 유성처럼 꼬리를 그으며 날아가 건물 계단에 떨어져 박살이 났다.

순식간에 일어난 일이었다.

홍석구는 그대로 쓰러져서 입에 거품을 물었다. 태아처럼 잔뜩 웅크린 몸이 부들부들 떨렸다.

"야, 홍석구! 왜 그래?"

"너 미쳤냐?"

"정신 차려!"

아이들이 달려와 홍석구를 흔들었다. 홍석구는 숨이 가쁜 듯 목덜미를 움켜잡고 얼굴빛은 사색이 되었다.

"저리 비켜!"

나는 아이들을 밀치고 홍석구의 꽉 채워진 셔츠 단추를 풀었다. 아니, 잡아 뜯었다. 그리고 벨트를 풀어 숨쉬기 좋게 만들어주려고 했다. 순간, 나는 소스라치게 놀랐다.

석구의 가슴과 배, 옆구리 곳곳에는 피멍이 부황 자국처럼 수십 개나 찍혀 있었다. 또한 군데군데 담뱃불로 지진 자국도 보였다.

마트에서 사온 호박을 볼 때 숨이 막혔겠다는 생각이 들 때가 있었다. 비닐 포장지로 꽁꽁 싸여 그 모양 그대로 커야 하는 애호박. 그런데 그날 내가 본 석구의 몸은 안에서 뿜어져 나와야 할 울분이 옷으로 가려져 숨어서 핀 울화꽃 같아 보였다.

누가 그렇게 팼을까? 아무도 모르는 사이에!

과연, 아무도 몰랐을까? 적어도 나는 몰랐다. 내 공부만 열중하느라고. 스스로 만든 통조림 깡통에 들어가 있는 동안, 내 주변에서 이런 일이 일어나고 있으리라곤 생각도 못 했다.

"누가 그런 거냐?"

아무리 물어도 석구는 대답하지 않았다. 수업 시간에도 혼자 식은땀을 흘리고 있을 때가 많았다. 얼굴에 짙은 그늘이 가시질 않았다. 그런 석구가 마침내 결석을 하기 시작했다. 내가 석구 일을 궁금해하자 김예가 한마디 했다.

"장천재한테 물어봐."

마치 심야 24시 편의점 알바생이 삼각김밥을 내밀고 무심히 바코드를 찍는 듯한 무미건조한 표정과 말투였다.

"장천재?"

"그나마 유일하게 부엉이 홍석구와 친구가 되어준 애는 장천재밖에 없으니까. 근데 천재 갠 정말 재수 없어."

"뭐가?"

"너 천재 아빠가 누군지 몰라?"

"모르는데?"

예는 내 책상에 있는 참고서를 집어 들고 흔들면서 말했다.

"장천재 아빠가 이 출판사 사장이야. 우리나라에서 세 손가락 안에 꼽히는 출판사래."

"아, 그렇구나……."

"걘는 어차피 아빠 회사 물려받을 거야. 대학 안 나와도 취직 걱정 없지, 아니지, 대학도 기부금 내고 들어갈걸? 그뿐이냐? 세상에 BMW 타고 등교하는 애는 장천재밖에 없을 거다. 재수 없어."

예는 천재 얘기를 하면서 두드러기가 돋는다는 듯 몸서리를 쳤다.

"하지만 솔직히 부러워. 그것도 다 자기 복이잖아? 아마 걔 한 달 용돈이 우리 집 두 달 생활비보다 많을걸? 들고 다니는 가방부터 운동화, 옷 전부 다 명품이야. 아마 수백만 원짜리 족집게 과외도 할걸?"

"아…… 그러냐?"

“하긴 장천재니까 홍석구를 챙겼지. 홍석구는 찌질한 왕따. 장천재는 재수 없는 왕따. 왕따끼리 잘 어울렸지.”

“그랬구나…….”

“넌 외계인이냐? 같은 반이면서 전혀 몰랐던 것처럼?”

나는 그냥 머쓱하게 웃었다. 통조림 얘기는 하지 않았다. 단지 석구를 그렇게 잔인하게 괴롭힌 게 누군지 궁금하다고 했다.

“보나마나 3학년 김학선이겠지.”

그 이름을 듣는 순간 나는 김학선의 하얗게 풀어진 백태 눈이 떠올랐다. 중학교 1학년 때 혼자 열 명을 때려눕히고 일어서는 순간 누군가 집어던진 쇠꼬챙이에 눈이 찔려 그렇게 되었다고 했다. 의안이라는 말도 있었다. 하지만 보기만 해도 소름이 끼치는 그런 눈이 의안은 아닌 것 같았다. 김학선 밑으로 패거리들이 있고, 또 그 밑으로 1학년 패거리들이 있어서 사실상 교내 조직 폭력의 두목이나 다를 바 없었다. 학선이는 옷 입는 스타일도 딱 조폭 같았다.

배터리가 떨어진 인형처럼 석구는 책상에 얼굴을 대고 하루종일 엎어져 있었다. 그런 석구를 바라보며 나는 고민 끝에 석구에게 다가갔다.

“내가 도와줄게.”

“?”

석구는 의아해했다.

"언제까지 당하고 살 거야? 선생님이나 부모님 경찰에 신고를 했어야지."

"신고? ……했어."

"했다고?"

"내가 문제래. 왕따 당할 만한 짓을 하고 다니니까 당하는 거 아니냐고…… 문제 일으키지 말고 차라리 나보고 조용히 전학을 가래."

"뭐?"

숨이 턱 막혔다. 석구는 분명 피해자였다. 피해자를 내쫓는다니 말이 되는가 싶었다.

"싸우자."

"뭐?"

석구가 놀란 눈으로 나를 바라보았다. 나 같은 범생이가 느닷없이 싸우자고 하니 당황할 만도 했다.

"됐어."

"석구야. 나도 학선이는 무서워. 하지만 겁먹지 말자. 싸워서 지면 어때? 몸은 져도 정신은 굴복하지 않으면 되는 거 아냐? 몸보다 강한 정신을 보여주면……."

"됐다니까!"

석구가 버럭 소리쳤다.

나는 창기에게 도움을 요청했다. 창기는 유일하게 김학선도 선뜻 건드리지 못하는 카리스마가 있었다. 창기는 내 얘기를 다 듣더니 고개를 갸우뚱하며 물었다.

"넌 걔하고 친하지도 않잖아? 그리고 너 같은 범생이가 왜?"

"나도 통조림 뚜껑을 열었거든."

"뭐?"

"사람이 사람을 그렇게 무자비하게 팬다는 게 말이 되냐? 그건 인간에 대한 예의가 아니지."

"헐……."

"친구라는 거…… 우정이라는 거…… 그런 게 있다는 걸 보여주고 싶어."

"넌 그냥 범생인 줄 알았는데 진짜 완전 꼴통이구나? 요즘 왜 그래? 공부만 하던 놈이?"

"도와줄 거야, 말 거야?"

"학선이 갠 어째 좀 으스스하지 않냐? 진짜 일본 야쿠자 분위기도 나고……."

"쫄았냐?"

"솔직히 쫄지 안 쪼냐? 근데 폼은 난다. 내가 어떻게 해주면 되겠냐?"

창기가 히죽 웃었다.

내가 왜 이럴까? 아마도 항보 때문이었을 것이다. 우정 같은 건 없다는 항보의 말을 반박하고 싶었다. 아니, 어쩌면 항보에게 나를 증명하고 싶었는지도 모른다. 항보가 가장 절박했을 때 정작 항보를 외면한 건 바로 나였으니까. 비록 너무 늦어버렸지만 지금이라도 우정이란 게 있다는 걸 증명하고 싶었다.

창기를 설득한 나는 이제 천재를 설득해야 했다. 석구와 천재가 그렇게 친했다면 이 일에 천재가 빠질 수는 없었다.

"그러니까 네가 석구의 진짜 친구라는 걸 보여 줬으면 해."

"……."

천재는 말이 없이 배스킨라빈스 31 골라 먹는 아이스크림을 삼켰다.

"물론 겁나겠지. 상대는 무시무시한 김학선이니까. 하지만…… 아무리 무서운 상대라도 우정이 무너질 순 없잖아?"

"……."

"창기도 도와주기로 했어."

"……."

"천재야?"

천재는 한참 동안 아무 말도 없다가 떨리는 목소리로 나지막이 말했다.

"그거 학선이가 한 게 아냐……."

"뭐?"

"내가 그랬어."

"!"

나는 배스킨라빈스 아이스크림보다 더 딱딱하게 얼어붙었다. 학선이가 아니라 천재, 자기가 그랬다고? 어째서? 무엇 때문에? 천재는 애써 아이스크림을 태연한 척 먹었다. 작은 컵을 다 먹고 다시 다른 컵을 사서 먹었다. 그러더니 아예 큰 통을 사서 미친 듯 먹어대기 시작했다. 나는 그 손을 잡았다. 천재의 어깨가 흔들리고 있었다.

어느 날 학선이 패거리가 천재를 가로막고 섰다. 그들은 천재를 어두운 골목으로 끌고 갔다. 늘 그렇듯이 신발을 벗기고 가방을 빼앗고 돈을 요구했다.

천재는 지갑에서 만 원짜리 몇 장을 꺼내 주었다. 그 순간 천재는 빼앗긴 신발 대신 학선이 패거리가 바꿔 신고 던져준 싸구려 신발에 구역질이 났다. 어떻게 이걸 신고 가지? 쪽팔렸다. 그 순간 한 가지 생각이 떠올랐다.

주먹보다 돈이 더 세지 않을까?

천재 아버지는 대학을 못 나온 분이지만 출판사를 차려 돈을 벌었고 그 돈으로 여기저기 땅을 사서 부동산 재벌이 됐다. 아버지는 제왕처럼 군림하며 살고 있었다. 돈이 많으면 아무리 많이 배운 사람도 굽실거렸다. 돈은 학력보다 강하고 폭력보다 강하다는 걸 알게 되었다. 천재는 엄마가 만들어준 비상용 현금 직불카드를 꺼내 들었다.

"이 카드를 줄게."

"?"

"대신, 종종 내 부탁을 들어줘. 특히 내 친구 석구는 건드리지 말아줘."

"!"

그런데 이 말이 학선이의 자존심을 건드렸다. 학선이는 가출한 엄마와 다리가 불편한 알코올중독 아버지 대신 여동생을 돌보며 생계까지 떠맡고 있었다. 학선이는 유흥비 때문에 삥을 뜯는 게 아니었다. 말하자면 생계형 삥이었다.

그런 학선이에게 장천재가 내민 직불카드는 불에 기름을 부은 꼴이었다.

"그래? 너희 집이 그렇게 부자냐? 돈이면 다냐? 지랄. 재수 없어. 그래 넌 내가 확실하게 밟아줄게!"

카드는 천재의 눈앞에서 분질러졌다. 그리고 천재는 오지게 맞았다. 천재에게 던져준 신발과 가방도 다시 빼앗았다. 천재는 맨발로 돌아와야 했다.

그날 이후 천재는 학선이의 표적이 되었다. 학선이는 천재의 돈을 빼앗지 않았다. 대신 자존심을 빼앗았다. 자근자근 표시 안 나게 팼다. 발을 걸어 넘어뜨리고, 욕을 하고, 뒤통수를 치고, 바닥을 기며 개처럼 짖게 했다. 경찰에 신고하면 칼로 쑤셔버리겠다고 겁을 줬다.

천재는 학선이 때문에 경기를 일으킬 지경이 되었다. 정말 견디기 힘든 시간이 흘러갔다. 그런 어느 날 학선이가 천재에게 제안을 했다.

"내 앞에서 홍석구를 패. 그럼 너는 봐준다. 어때?"

천재가 돈으로 학선이 자존심을 건드렸듯이 학선이는 힘으로 천재의 약점을 찔렀다. 계속 당하면서 사느냐, 아니면 눈 딱 감고 석구를 패고 빠지느냐. 천재는 고민했다. 그즈음 홍석구는 학선이뿐만 아니라 천재까지도 슬슬 피하고 있었다. 친구라고 믿었던 석구가 정작 자신이 곤경에 처했을 땐 모른 척 외면하자 화가 치밀었다. 차라리 확 패버려? 하다가도 내가 살자고 친구를 팰 수는 없다고 생각했다.

"꼴에…… 의리는 지킨다는 거냐?"

그럴수록 학선이는 천재를 더 많이 괴롭혔다. 천재는 자다가도 벌떡벌떡 일어났다. 몸에 멍자국이 나지 않게 젖은 물수건으로 때리는 기술까지 구사하는 학선이가 악마처럼 보였다.

"알았어. 할게. 하면 될 거 아냐!"

마침내 천재는 학선이 앞에 무릎을 꿇었다.

수업이 일찍 끝난 날, 천재는 석구를 데리고 공터로 갔다. 학선이 패거리가 보는 앞에서 천재는 석구의 얼굴에 주먹을 날렸다. 그리고 인정사정없이 팼다. 가슴을 때리고, 배를 때리고, 쓰러진 석구를 발로 찼다. 학선이가 담뱃불을 내밀었다. 천재는 속으로 울었다. 자기 고통을 덜기 위해 친구를 짓이길 수 있다는 사실이 혐오스러웠다. 느닷없는 천재의 주먹질에 널브러져 있는 석구의 얼굴을 보지 않으려고 눈을 감고 불을 댔다.

학선이는 그 장면을 하나도 놓치지 않으려는 듯 뚫어지게 지켜보고 있었다. 학선이는 알고 있었다. 힘으로 군림할 수 있는 건 고작 남은 몇 개월의 고등학교 시절뿐이라는 것을. 사회생활을 하게 되면 그때부턴 주먹이 아니라 돈이 가장 강력한 무기라는 것을. 지금은 주먹으로 장천재를 조종할 수 있지만, 몇 년 후면 자기는 장천재의 자가용 운전기사도 될 수 없다는 것을. 그 앞에서 바닥을 기어야 한다는 것을.

천재와 학선이 모두가 스스로를 자학하는 밤이었다. 주먹꽃이 피고, 발길질꽃이 떨어지고, 피꽃이 튀었다. 그리고 모두가 상처를 받았다.

꽉 차오른 댐의 수문이 열리듯 교문이 열렸다. 왁자한 폭포소리처럼, 학생들이 쏟아졌다. 노란 가로등 불빛이 석구의 얼굴을 더욱 그늘지게 만들었다. 석구는 정말 부엉이처럼 어디론가 날 수만 있다면 푸드덕 날아가고 싶었다.

"믿었던 친구한테 그런 일을 당했으니 네가 숨 막혀 죽을 만도 하겠다. 의자로 교실 유리창을 박살 내고 쓰러질 만도 해."

"……."

석구는 고개를 숙인 채 땅만 보고 걸었다.

"정말 몰랐니?"

"뭘?"

"천재가 학선이 패거리한테 당하는 거…… 꽤 오래됐다던데?"

"몰랐어."

"너한테 제일 잘 해준 친구였잖아."

"……."

"천재 문자도 씹었다면서? 제일 힘들어 할 때에……."

"그럴 만한 사정이 있었어."

"사정?"

"……."

"무슨 사정?"

"실은 아빠가 많이 안 좋으셔……."

홍석구는 아빠가 일을 하다가 다쳤다는 사실을 힘겹게 이야기했다. 석구네 아빠의 학력은 중졸. 자격증이라고 할 만한 것은 아무것도 없고 그저 아는 형들이나 친구들 따라 다니며 이런저런 잡일을 해왔다. 최근에는 골프장 잔디 관리를 하는 일용잡부로 갔다가 멀리서 날아오는 골프공에 정수리를 맞는 사고를 당했다고 했다. 두개골에 금이 가고 뇌에 충격을 받았는지 말이 어눌해지고 발음이 꼬이고 손발도 제대로 움직이지 못하게 되었다는 것이다.

안전모를 쓰고 있지 않았다는 이유로 아무런 보상도 받지 못했고 일도 다닐 수가 없게 되어 결국 치료비와 생활비를 마련하기 위해 살던 집을 줄여 반지하로 이사까지 가야만 했다. 엄마는 마트에 나가 일을 하는데 그동안 아빠를 돌봐줄 사람이 없어서 집에 일찍 가야 했다는 것이다.

"천재는 네가 일부러 피하는 줄로만 알더라."

"그래?"

"왜 말을 안 했어? 그런 일이 있었으면 얘길 하지. 친구가 뭐냐?"

"쪽팔렸어."

"!"

"천재는 나한테 정말 잘 해줬어. 운동화 하나를 사도 내 것까지 챙겨서 사줄 정도였으니까. 하지만 나는 천재한테 늘 받기만 하는 게 정말 쪽팔렸어. 동정받기 싫었어. 나도 자존심이라는 게 있잖아."

"이해할 것 같다."

"아니…… 사실은 천재가 싫었어. 그 녀석을 보면 화가 났어. 왜 나는 맨날 이렇게 힘들어야 하지? 천재는 모든 걸 다 가졌잖아. 부자 아빠, 행복한 가족, 빵빵한 용돈, 언젠가는 물려받을 회사…… 뭐 하나 부족한 게 없잖아. 키도 크고, 얼굴도 잘 생겼어. 남들은 재수 없다고 하지만 난 부러웠어. 정말 부러워 죽겠더라."

홍석구는 그렇게 말하곤 버스를 향해 뛰어갔다. 솔직히 말하자면 그 뒷모습은 마치 사냥개에게 쫓기는 털 빠진 부엉이 같았다. 그러면 안 된다고 생각하면서도 우습다는 생각이 들었다. 블랙 코미디를 보는 것 같았다. 나는 그 자리에 한참 서 있었다. 마음 한구석이 알싸하게 아팠다.

나는 학원을 빼먹고 그냥 집으로 왔다. 텅 빈 아파트가 오늘따라 유난히 넓어 보였다. 엄마, 아빠, 나 이렇게 세 식구가 살기에 60평형 아파트는 너무 큰 게 아닐까? 엄마는 오늘도 친구를 만나느라 늦는다고 했다. 아빠도 회사 일로 술자리가 있다고 했다.

나는 엄마에게 전화를 걸었다.

"왜?"

"바빠?"

"친구 만나."

"진짜 친구 만나?"

"왜? 엄마가 바람이라도 났을까 봐? 엄마는 애인 없어."

사실일 것이다. 엄마에게 친구란 나에게 도움이 되는 사람을 뜻한다. 도움이 안 되는 친구는 동창도 고향 친구도 필요 없다. 아마 엄마는 그 친구에게 뭔가 도움을 받을 일이 있을 것이다. 그렇지 않다면 이 시간까지 밖에 있을 리가 없다.

반면에 아빠에게 친구는 묻지도 따지지도 않고 뭐든지 다 줄 수 있는 사람이다. 아빠는 그런 식으로 친구에게 돈을 많이 빌려줬다. 받지 못할 것을 알면서도 빌려줬다. 엄마는 그런 아빠에게 펄펄 뛰며 화를 냈다. 아빠는 친구가 재산이라며 속 좁은 여자라고 화를 냈다.

항보는 말했다. 친구란 서로의 이익을 위해 일시적으로 합의된 계약 관계라고. 정말 그것뿐일까?

우리가 우정이나 의리를 다룬 영화나 소설에 감동하는 것은 실제 현실에선 있을 수 없는 일이 벌어지기 때문이다. 우정이란 여분의 힘이다. 나부터 챙기고 남는 것을 공유하는 것이다. 우정이란 서로에게 얻을 것이 있는 동안만 유효한 감정이다.

_항보

어쩌면 그럴지도 모른다. 나조차도 내 계획 때문에 항보를 외면했으니까. 석구는 천재를 질투하고 시기했다. 천재는 자기가 받을 고통을 견디지 못하고 석구에게 떠넘겼다. 고통을 벗기 위해 우정을 버렸다. 학선이는 친구가 아니라 똘마니들을 거느렸을 뿐이다. 엄마는 자기에게 이익이 되는 사람들을 친구라 불렀고, 아빠는 의리라는 이름으로 미래의 사업 자산을 챙겼을 뿐이다.

언젠가 보았던 홍콩 영화가 생각났다. 친구를 위해 죽음을 무릅쓰고 달려가는 영웅들의 이야기. 영화 속의 주인공은 친구를 위해 애인도 버리고, 돈도 버리고, 자유도 버리고, 자기 목숨마저 버렸다.

내가 황홀하도록 가슴 뭉클한 이야기로 감동을 느꼈던 이유는 무엇일까? 어쩌면 인간이 실제로도 그럴 수 있기 때문은 아닐까?

"뭐? 학선이 형과 붙겠다구?"

창기가 놀라서 되물었다.

나는 고개를 끄덕였다.

"우리 둘이 덤벼도 학선이 머리카락 하나 못 건드릴걸? 나는 어떻게든 버티겠지만 넌 몇 군데 부러지고 얻어터지기만 할 거야."

"아마 그러겠지……."

"그런데도 붙겠다고?"

"싸움의 형태는 여러 가지가 있으니까. 내가 이길 수도 있잖아?"

"미쳤냐?"

"완벽하진 않아도 친구를 위해 나도 뭔가를 할 수 있다고 생각해."

"미안하다. 난 이제 싸움 같은 거 안 하기로 했어……."

창기가 싸움을 겁내는 건 자연스러운 일이다. 진욱이는 아직도 식물인간 상태다. 그리고 창기는 다시는 싸움 같은 건 하지 않겠다고 약속했다. 이런 때에 또 싸움을 벌였다간 인간 취급도 받지 못할 터였다. 하지만 난 나를 믿어보기로 했다.

나는 학선이 패거리가 진치고 있다는 학교 앞 으슥한 골목길로 나갔다. 학선이 패거리는 스스로 덫에 기어들어온 어리석은 고라니처럼 나를 보며 킥킥 웃었다.

"할 말이 있어서 온 거니까 웃지 마요."

학선이는 조금 뒤쪽에 앉아 있었다. 나는 그쪽으로 다가갔다. 똘마니들이 나를 막았다. 내가 학선이 쪽을 보자 학선이가 고개를 끄덕였다. 똘마니들이 자동문처럼 길을 텄다.

"부탁이 있어요."

"부탁?"

"친구가 되어주세요."

"뭐?"

"이상해요? 나, 형이랑 친구가 되고 싶다고요."

"내가 왜 그래야 하는데?"

학선이가 재미있다는 듯 웃음을 날리며 물었다.

"그동안 제대로 된 친구를 한 번도 만난 적이 없었을 테니까요. 그리고 지금도 많이 괴로울 테니까. 진심으로 조언이 필요할 때니까!"

"……!"

"강한 척하지 말아요. 형도 이렇게 사는 거 좋지만은 않잖아요. 많이 괴롭잖아요."

"한마디만 더 하면 밟는다!"

학선이가 눈을 부릅떴다.

"미리 말해두지만 난 주먹 앞에 무릎 꿇지 않을 거예요."

"그래?"

순간 학선이의 주먹이 날아왔다. 단 한 방으로도 토할 것같이 속이 울컥 뒤집혔다. 연달아 사정없이 주먹과 발이 날아왔다. 나는 정신없이 맞았다. 하지만 맞으면 일어나고 또 맞으면 다시 일어났다.

그때였다. 저쪽에서 창기가 달려오고 있었다. 어디서 구했는지 각목 하나를 붕붕 휘두르며 말처럼 뛰어오고 있었다.

"뭐 하러 왔어? 넌 싸우면 안 되잖아."

"뭐 조금은 친구 같은 느낌이 들어서라고 할까?"

"그러다 퇴학이라도 당하면 어쩌려고?"

"그보다 더한 일도 많이 겪었다. 난."

"고마운데…… 아무 짓도 하지 마."

"?"

나는 간신히 몸을 추스르며 일어났다. 세상이 두 겹으로 겹쳐 보였다. 속이 메슥거리고 온몸이 저렸다.

"이번엔 내 차례야."

"치겠다고? 쳐 봐!"

나는 학선이를 향해 주먹을 치켜들었다가 쭉 뻗으면서 손을 쫙 폈다.

"?"

학선이 눈이 동그래졌다. 학선이 똘마니들과 창기도 눈이 동그래졌다. '뭐지, 이건?' 하는 표정이었다.

학선이를 향해 쫙 펼친 내 손바닥에는 스마일이 그려져 있었다. 그리고 친구라는 두 글자가 적혀 있었다. 학선이가 내 손바닥을 보았다.

"형이 왜 애들 삥을 뜯는지 알아요. 하지만 다른 방법도 있지 않을까요?"

"시끄러!"

학선이가 사정없이 더 세게 나를 후려쳤다. 창기가 나서려는 것을 나는 고함을 질러 막았다.

쓰러진 내 멱살을 잡고 학선이가 주먹을 치켜들었다.

나는 눈을 질끈 감았다.

뭔가 바람이 훅 코앞을 스쳐 지나가는 것 같았다.

나는 눈을 떴다.

학선이 주먹이 허공을 가르고 지나가더니, 내 멱살을 잡았던 손을 놓았다. 그리고 잠깐 망설이더니 내게 손을 쫙 펴서 내밀었다.

"넌 갑자기 뭔데 느닷없이 나서서 이러는 거냐?"

"쪽팔려서요."

"뭐가?"

"우리가 이러고 사는 거…… 어른들이 학교 폭력 어쩌고, 애새끼들이 어쩌고 하는 거 다 듣기 싫은데…… 사실이니까!"

문득 학선이의 하얀 눈동자가 달빛에 번뜩이는 것 같았다. 멱살을 잡았던 손이 풀리는가 싶더니 학선이의 하얀 이가 드러났다.

"다른 건 모르겠고…… 넌 나랑 친구 먹자."

"나만?"

"그래, 너만."

학선이 똘마니들은 이게 무슨 일인가, 서열이 이상하게 된다는 표정으로 술렁였다. 학선이가 손을 내밀었다. 나는 그 손을 꽉 잡았다. 학선이 손아귀의 힘이 어깨까지 전해졌다. 뭔지 몰라도 학선이의 마음이 느껴졌다. 자기 마음을 눈곱만큼이라도 알아준 건 나밖에 없었다고 말하는 것 같았다.

석구와 천재는 다시 친해졌다. 둘 사이엔 여전히 질투와 경쟁심과 못마땅함과 자존심이 끼어들었지만 그래도 어쨌든 남들이 보기엔 전처럼 잘 지냈다. 아니, 전보다 더 잘 지냈다. 1년 후, 혹은 2년 후, 졸업 후엔 영영 다시 안 본다 해도 지금은 최고의 친구다. 그럼 된 거 아닐까?

어느 일요일 아침, 나는 시외버스를 탔다. 아무 표나 사서 무작정 가고 싶은 만큼 갔다. 가다가 햇살이 따스하고 조용한 어느 동네에서 그냥 내렸다. 강이 보이고, 집들이 조금 보이고, 과수원도 보였다. 구멍가게가 하나 있었다. 그 앞에는 깡마른 할아버지 한 분이 평상에 앉아 계셨다. 마당엔 똥개 한 마리도 납작 엎드려 순한 눈빛을 하고 있었다. 나는 가게 냉장고에서 막걸리 한 통을 꺼내 할아버지 앞에 놓아드렸다. 그러고 개에게는 소시지 한 개, 나는 캔 커피 하나. 할아버지가 뭔가를 이빨 빠진 소리로 중얼거리면 열심히 들어주고, 개가 하품 하는 모습도 기분 좋게 바라보았다. 단지 그뿐이었다.

다시 집으로 돌아왔다. 가끔 생각나면 또 갔고 생각이 안 나면 안 갔다. 그 개가 나를 기억하지 못해도 상관없고, 할아버지가 나를 못 알아봐도 상관없다. 이익을 주고받을 것도 없고,

경쟁하고 질투할 이유도 없고 그냥 마음을 주고받을 수 있다면 이미 좋은 친구가 아닐까?

학교 가는 길, 뭉게구름 피어나는 하늘을 보며 나는 생각한다. 내 모든 것을 주어도 아깝지 않을 친구가 있는가? 아직은 한 사람도 선명히 떠오르지 않는다. 그래도 좋다. 살아 있는 동안 언젠가 그런 친구 하나 만들고 말 테니까. 아니어도 좋다. 매 순간마다 내 앞에 있는 친구를 진심으로 만난다면 그것만으로도 충분하다. 사랑도 우정도 영원히 지속되는 것은 없는 것이다. 우리는 현실 속에서 사는 것이지 영화 속에서 사는 게 아니니까.

내 모든 것을 버릴 수 있을 만큼 소중한 친구가 아니어도 좋다. 적어도 친구를 짓밟지 않는다면. 때로는 진심이 통하는 친구를 만날 수도 있다. 소중한 것을 양보하고 싶은 친구가 나타날지도 모른다. 그때까지는 나를 더 사랑하자. 목숨을 바칠 만한 친구는 저절로 생기는 게 아니다. 작은 마음들이 쌓여서 만들어지는 것이다. 그 작은 마음 쌓기부터 하고 난 뒤에 그래도 우정은 없다고 말해도 늦지 않을 것이다.

_신이결

# 통조림을 따다가 손을 베이면

누구나 "영원히 너만을 사랑해." 하며 사랑을 고백한다. 그러나 평생 동안 단 한 사람만을 사랑한 사람은 없다.

하나님은 사랑이라는 말은 어떤 면에서 맞다. 신과 사랑은 둘 다 존재하지 않으므로. 더욱 간절히 바라는 희망사항일 뿐이므로.

_항보

비 온다.

어제는 땡볕이었는데 오늘은 비 온다. 폭우가 쏟아진다. 바람에 나무가 뽑히고 강물이 불어나고 전신주가 뽑혀 온 동네가 정전이 된다. 암흑이다.

해 뜬다.

어제는 그렇게 비가 왔는데 오늘은 땡볕이다. 아스팔트가 껌처럼 녹고, 사람들은 땀에 녹초가 되어 하드처럼 녹아내린다.

다시 비 온다.

날씨가 미쳤다. 장마도 없고, 삼한사온도 없어진 지 오래다. 번개 치는 날이 비 오는 날이고, 해 뜨는 날이 더운 날이다.

사랑도 그렇다. 번개가 치듯 느닷없이 찾아온다. 우르릉 쾅쾅. 온 마음을 흔든다. 그리고 정신을 차려보면 쏟아지는 빗속에 서 있다. 흠뻑 젖은 채로.

처음엔 작은 우산 하나면 충분하다. 그런데 점점 큰 우산을 써도 한쪽 어깨가 젖는다고 불평이다. 그러다 각자의 우산을 쓴다. 그리고 서로 반대 방향으로 인사도 없이 헤어진다.

사랑이다. 대여점 한쪽 벽면은 온통 사랑 이야기로 가득하다. 로맨스 소설은 분홍색이다. 다른 한쪽엔 검은색 무협 소설, 판타지 소설, 공포 소설, 추리 소설로 빼곡하다. 울긋불긋한 총천연색 칼라는 코믹스 만화다.

나는 이 무수한 꿈의 문서들을 황홀하게 바라본다. 어쩌면 항보의 말이 맞는지도 모른다. 없어서 동경하는 것이 꿈이듯, 사랑도 신도 사실은 없기 때문에 동경하는 꿈이 아닐까?

김예는 대여점 카운터에 앉아 하드를 빨며 만화책을 보고 있다. 한 무더기의 학생들이 저마다의 꿈을 빌려 간 직후라 어수선하던 대여점 안은 조용했다. 감시 카메라가 비추는 대여점 안의 구석구석이 흑백 모니터에 비쳐지고 있었다.

"웬일이니? 네가 이런 데를 다 오고?"

"왜? 나는 이런 데 오면 안 돼?"

"여긴 참고서 없어."

"범생이라고 비웃는 거냐?"

"왠지 넌 사서 볼 것 같아서."

"이거……."

나는 만화책을 카운터에 올려놓았다.

"마스터 키튼? 우라사와 나오키 정도면 사서 볼 만한 만화책이지."

"샀어."

"있는데 왜 빌려가?"

"누군가 같은 걸 좋아했다는 그 느낌을 공유하고 싶어서."

예가 갑자기 눈빛을 초롱초롱 빛내며 나를 뚫어지게 봤다. 그리고 시계를 쳐다봤다.

"7월 16일 오후 9시 5분부터 6분까지 우리는 1분 동안을 같이 있었어."

"〈아비정전〉의 장국영, 장만옥."

예의 입꼬리가 올라갔다. 자기가 낸 퀴즈에 내가 답을 할 줄은 몰랐다는 표정이었다. 예는 또 한마디 던졌다.

“피아노 배틀.”

“〈말할 수 없는 비밀〉”

내가 받고 던졌다.

“1년 후 비의 계절, 시간 여행, 30년 동안의 미리 예약된 생일 케이크.”

“〈지금 만나러 갑니다〉”

예가 가소롭다는 듯이 받았다. 그리고 이번엔 못 맞추겠지, 하며 다시 던졌다.

“앞 못 보는 여자, 수술, 피에로의 눈물.”

“〈세기말의 시〉 노지마 신지.”

내가 받자, 김예의 표정이 환하게 밝아졌다.

“제법이네. 그런 거 다 보면서 공부는 언제 했니?”

“통조림이 되기 전에 봤던 거야. 그땐 열공 안 했어.”

“통조림?”

“있어, 그런 게…….”

“?”

“실은 궁금한 게 있어서 왔어.”

“뭔데?”

“항보의 여자 친구 얘길 듣고 싶어.”

김예가 흥미진진하다는 표정으로 말간 입술을 반달처럼 만든 채 턱을 괴고 나를 빤히 바라보았다. 나는 좀 머쓱해졌다. 가만 보니 예도 제법 예뻤다. 전에는 그냥 알바에 찌든 투덜이 여고생으로만 보였는데, 이상한 일이다.

"할리우드 영화 많이 봤지?"

예가 손바닥을 내밀었다.

"?"

"정보는 돈이야."

나는 주머니를 뒤져 천 원짜리를 꺼내 일부러 꼬깃꼬깃 접었다 폈다 한 뒤, 말아서 예의 손바닥 위에 올려줬다.

"할리우드 영화 보면 꼭 이렇게 하더라. 꼬깃꼬깃."

"새벽 두시에 편의점으로 와."

"편의점? 새벽 두시에?"

"그 시간엔 편의점 알바 하거든. 그리고 그때쯤이면 정말 무섭고 쓸쓸해. 그때 오면 뭐든 다 얘기해줄게."

"지금 하면 안 될까?"

"이거, 마저 봐야 해."

예는 보던 만화책을 펼쳐 들고 무슨 말을 해도 아무 대답도 하지 않았다.

집은 텅 비어 있었다. 냉장고도 비어 있었다. 전기밥통도 비어 있었다. 어쩌면 요즘 엄마의 마음도 텅 비어 있는지 모른다. 엄마의 잦은 외출과 늦은 귀가 시간. 나는 전화를 걸어봤지만 엄마는 전화를 받지 않는다. 밤 열한시. 엄마는 이 시간에 어디 있는 것일까?

아빠도 전화를 받지 않는다. 아빠는 엄마가 어디서 뭘 하고 있는지 궁금하지도 않는가보다.

엄마도 〈타이타닉〉의 여자 주인공 로즈처럼 할머니가 될 때까지도 마음속에 품고 싶은 남자가 있는 것은 아닐까? 혹은 〈메디슨 카운티의 다리〉처럼 엄마에게 뒤늦게 사랑이 찾아온 건 아닐까?

엄마는 아빠가 첫사랑이라고 했다. 스물넷에 결혼을 했다. 엄마가 만약 평생 아빠만 사랑한다면 항보의 말은 틀린 것이 된다. 하지만 어쩐지 불길한 예감이 드는 건 왜일까?

엄마와 아빠는 사랑하는 사람 같아 보이지 않는다. 그냥 부부일 뿐이다. 한마디 대화도 없이 그냥 무덤덤한 관계. 간혹 농담처럼 하는 엄마의 말.

"밖에 있을 땐 남의 남자, 집에 있을 땐 내 남편."

"어디서 뭘 하든 걱정 안 해. 살아만 있으면 돼."

아빠의 농담.

하지만 섬뜩한 농담이다.

요즘은 대학 입시 이혼이 유행이라는데, 엄마 아빠는 내가 수능이 끝나기만을 간절히 기다리고 있는 건 아닐까?

새벽 한시에 아빠가 술에 취한 얼굴로 들어와 안방으로 들어가더니 침대에 고꾸라지며 엎어져 잠들었다. 새벽 한시 반이 지나자 이번에는 엄마가 들어오더니 역시 씻어야 하는데……라는 말을 중얼거리며 소파에 누워 잠들어버렸다. 내가 보았던 수많은 멜로 영화의 사랑은 전부 꿈일 뿐이라는 것을 두 분이 증명하는 것 같았다.

심야의 편의점 불빛이 어둠 속에 환했다. 초록 간판은 도시의 숲 같은 느낌이 들었다. 그 숲 속을 비추는 태양은 하얀 형광등 불빛이다. 그리고 이제 겨우 열일곱 살의 소녀가 앉아 있다. 소녀는 귀에 이어폰을 꽂은 채 뮤즈의 여신과 노닥거리고 있다.

"왔네?"

예는 나를 반갑게 맞아주었다.

"들어 볼래?"

자기 귀에서 이어폰 한쪽을 빼서 내밀었다.

"됐어."

예는 다시 이어폰을 자기 귀에 꽂고 볼륨을 아주 작게 조절했다.

"무서웠어."

"뭐가?"

"술 취한 아저씨들…… 컵라면 먹으면서 저쪽에서 자꾸만 나를 힐끗힐끗 보는 남자도 무섭고…… 현금인출기 앞에서 어슬렁거리는 남자도 무서워. 담배 사고 돈도 안 주고 줬다고 우기는 남자는 정말…… 그래도 그건 나아. 힘들게 돈 벌지 말고 쉽게 벌게 해주겠다면서 느끼한 눈빛으로 쳐다보는 새끼들도 있어."

문득 예가 동화책에 나오는 빨간 망토의 소녀 같았다. 할머니에게 떠다줄 물을 구하기 위해 숲 속을 헤매며 늑대와 싸운 소녀. 예는 매일 밤 생활비와 자기 용돈을 벌기 위해 대여점의 숲을 지나 편의점의 숲으로 가로지르고 있었다.

"항보 얘기 좀 해줄래?"

"내 얘기부터 하면 안 될까?"

"무슨 얘기?"

"변신 이야기."

"변신?"

"나, 요즘 변하고 있는 거 혹시 아니?"

"글쎄……."

"역시 나한텐 관심이 없구나."

"아, 아냐. 그런 거……."

"됐어."

"무슨 얘긴데?"

"듣고 싶어?"

"응."

예는 갑자기 표정을 바꾸는 재주가 있었다. 무서워하다가, 슬퍼하다가, 금방 아이처럼 좋아한다.

"한 달 전쯤이었어. 새벽 두시 반인가…… 여기 앉아서 꾸벅꾸벅 졸고 있었는데 얼굴이 하얀 여자가 내 앞에 서 있는 거야. 난 귀신을 본 것처럼 소스라치게 놀랐어. 그 여자가 나를 물끄러미 보더니 혀를 차는 거야. 그러더니 내 미래를 보여주겠다지 뭐야."

"미래?"

"그 여자가 내 손을 잡았어. 순간 난 편의점이 아니라 다른 곳에 와 있었어. 마치 순간 이동처럼 말이야. 홍대 앞 거리였던 것 같아. 돌로 만든 벤치에 내가 누워 있었어. 하늘에선 눈이 펑펑 쏟아지고 있었지. 행인이 정말 많았어. 모두 다 즐거워 보였어. 그런데 난 벤치에 혼자 외롭게 누워 있는 거야. 옷도 제대로 못 입고…… 가만히 보니까 내 몸이 허옇고 푸르스름하게 얼어 가고 있었어. 그대로 잠들면 죽어버릴 것만 같았어. 근데 아무도 나를 살펴보지 않았어. 가끔 걸음을 멈추고 나를 쳐다보며 걱정하는 사람도 있었지만 지가 추우면 일어나 가겠지, 하면서 가버렸어. 나는 얼어 죽어가고 있었는데…….”

“네 미래가 객사라고?”

“그 여자는 내게 말했어. 나는 알바에 지쳐서 막 살기로 결심을 했대. 그리고 정말로 막 살았대. 내 마음속엔 어둠의 말이 가득해서 건드리면 욕이 나오고, 비아냥거리고, 독이 뿜어져 나왔대. 그리고 사람 많은 길거리에서 혼자 얼어 죽었대. 하얀 눈이 이불처럼 내 몸을 덮어주었고…… 그제야 내 영혼도 하얗게 변하게 될 거라나?”

“지독한 악몽이네.”

예의 어두운 표정에 비가 내리고 있었다. 하지만 예는 금방 또 방긋 웃었다.

“하지만 난 미래를 바꾸는 방법을 알았어.”

“?”

“내 이름이 왜 예인지 알아? 난 내 이름대로 살면 돼. 예, 예스, 뭐든지 예스, 그래 검은색 말이 아니라 하얀색 말을 하는 거야. 어둠을 생각하지 말고 빛을 생각하는 거야. 너도 알지? 난 투덜이 스머프였어. 모든 게 못마땅했으니까. 하지만 나는 필사적으로 노력하기 시작했어.”

“?”

“모두가 학원에서 공부할 시간에 난 대여점에서 인생 공부를 하고 있다고 생각하는 거야. 모두들 집에서 편안하게 잠을 잘 때 난 깨어서 누구보다 먼저 세상의 뒷면을 보고 있는 거야. 난 인생 탐험가야."

정말 예는 필사적으로 노력하고 있는 것 같았다. 혼자 심야에 편의점 형광등 불빛 아래서 세상을 원망하고 자기 인생을 동정하고 자기 울분을 키우던 예의 지난 시간들이 아프게 다가왔다.

예는 필사적으로 꿈을 꾸었을 것이다. 죽을힘을 다해 자기 인생을 사랑하려고 노력했을 것이다.

"이런, 퇴근할 시간이네."

예가 활짝 웃었다. 전에는 보지 못했던 보조개와 덧니가 예뻐 보였다.

"샌드위치 먹을래? 내가 쏘는 거야. 내 얘기 들어준 거 고마워서."

예가 냉장 진열장에서 샌드위치를 꺼내 바코드를 찍고 내게 내밀었다. 나는 샌드위치를 뜯어 반쪽을 예에게 주었다.

새벽 세시 무렵. 나와 예는 그렇게 샌드위치를 나누어 먹었다. 슬프지만 달콤한 맛이었다.

나는 거의 매일 밤 편의점에 예를 만나러 갔다. 예는 자기가 상상한 이야기를 사실인 것처럼 들려주었다. 마치 예는 『아라비안나이트』의 세헤라자드처럼 보였다. 예는 대여점에서 읽은 만화와 소설을 뒤섞어 온갖 경이롭고 신기한 이야기를 만들어냈다.

그동안 엄마의 귀가 시간은 점점 늦어졌고, 심지어 다음 날 날이 밝을 때에 들어오는 일도 있었다. 아빠의 술도 점점 늘어갔다. 아빠도 귀가 시간이 늦어졌다. 나는 두 분 사이에 흐르는 미묘한 냉전의 기운을 느끼며 집에서는 살얼음판을 걷는 기분으로 지내야 했다.

인류가 만들어낸 것 중에서 결혼 제도는 가장 민주적이고 경이로운 것이다. 특히 일부일처제는 더욱 경이롭다. 결혼 제도는 힘과 권력에서 밀린 열등한 남자들이 합의한 종족 보존의 방식이다. 힘과 권력이 없어도 여성의 마음을 얻으면 그 여성을 독점할 수 있다는 것. 그것은 약자들의 소망이었고, 강자들이 그것을 용납한 것이다. 이 제도가 지켜지고 있다는 것은 진정한 민주주의가 언젠간 실현될 수 있다는 희망의 씨앗이기도 하다. 하지만 약자들조차 본능적으로 권태를 느끼고 새로운 이성을 욕망한다는 것은 비극이다. 스스로 제도 속에 발이 묶인 것이다. 결혼 제도는 욕망에 대한 이해에 기초했지만 더 깊은 욕망의 메커니즘을 무시한 어리석은 제도다.

_항보

"항보 얘기는 언제 해줄 건데?"

"내가 왜 그 얘기를 자꾸 뒤로 미루는지 알아?"

"모르겠는데?"

"바보……."

그 말이 이상하게 짜릿하게 들렸다. 나는 항보 얘기를 들으러 가서 왜 엉뚱한 예의 얘기를 듣고 있는 걸까? 왜 예가 점점 예뻐 보이는 걸까? 나의 첫사랑이 시작되는 걸까?

"나, 너 좋아해……."

어느 날 예가 치즈 케이크를 작은 스푼으로 떠먹다가 불쑥 말했다.

좋은 감정이 사랑은 아니다. 성욕도 사랑은 아니다. 모성애는 종족 보존의 유전자적 욕구. 질투도 사랑은 아니다. 호르몬의 과다 분비 상태. 좋은 감정은 점점 변한다. 성욕으로, 질투로, 권태로움으로, 지루함으로, 참을 수 없음으로, 결국 현실의 사랑은 없다. 사랑은 천국의 다른 이름이다. 지상에 없는 꿈.

_항보

나는 예의 고백에 심장이 쿵쿵 뛰었다. 하지만 나도 좋아한다고 대답하지 않았다. 그렇게 말하면 그 순간 그것은 도장을 찍는 것같이 되고, 내 마음이 변하면 나도 사랑은 없다고 고백하는 것 같았기 때문이었다.

“항보 얘기를 해줄게.”

소나기 오는 날 밤, 대걸레질을 마친 예가 카운터로 돌아와 앉으며 말했다. 편의점 밖은 추적추적 비가 내리고 있었고, 고양이들이 야옹 야옹 카랑카랑한 목소리로 울부짖고 있었다.

항보는 한 여학생을 사랑했다. 항보 식으로 말하자면, 생물학적으로 끌렸고, 감성적으로 통했고, 지성적으로는 약간 부족했지만 그 정도면 마음을 홀딱 빼앗길 만한 여학생이었다.

둘은 날마다 밤새도록 이야기를 나누었다. 책 이야기를 하고, 만화 이야기를 하고, 영화 이야기를 했다. 치즈 케이크를 나눠 먹고, 샌드위치를 나눠 먹고, 세상의 어이없음에 함께 분노하고, 신의 불공평함에 삿대질을 하고, 돈 많은 부모를 만난 아이들의 철없음을 마음껏 비웃었다. 항보는 자신과 취향이 비슷하고, 감각이 비슷하고, 자기 말을 다 들어주고 이해해주는 그 여친이 너무 좋았다. 세상에서 처음 느껴보는 행복감이었다. 이제까지 항보에겐 24시간이 온통 암흑의 밤이었는데, 그 여친을 만나면서부터는 24시간이 환한 대낮이 되었다.

그런데 갑자기 그 여친이 항보를 피하기 시작했다. 항보는 초조해졌다. 여친이 다른 남자를 만난다는 소문이 들려왔다.

더욱 소스라치게 놀란 건 여친이 육아에 관한 책을 보고, 아기 용품점 앞에서 아기 신발을 한참 동안 넋 놓고 바라보는 장면을 목격한 것이다. 급기야 산부인과 병원에서 나오는 여친을 눈으로 확인하자 항보는 배신감과 분노와 질투심에 눈이 뒤집혔다. 항보는 여친의 손 한번 제대로 잡아본 적이 없었다.

항보는 생각했다. 사고일 거라고. 사고를 당해 임신을 한 게 틀림없다고. 그리고 항보는 또 생각했다.

한 사람만을 끝까지 사랑하겠다!

하지만 이 상황을 어떻게 받아들여야 할 것인가, 몇 날 며칠을 고민했다. 그리고 결심했다.

일단 용서하자. 성폭행을 당했다면 비난받을 일이 아니라 위로해줄 일이다. 여친은 나를 사랑하니까 내가 감싸주지 않으면 누가 품어주겠는가. 그리고 설득하자. 지금은 아이를 낳을 수 없다. 아무런 대책 없이 십 대 미혼모가 될 수는 없지 않는가. 그러나 만약 여친이 뜻밖에도 생명에 대한 경외심으로 가득차서 아이를 낳겠다고 우긴다면? 그땐 할 수 없다. 내가 아빠가 되어주자. 여친이 집에서 쫓겨날 수도 있다. 집에서는 아무것도 지원받지 못할 수도 있다. 그러면 작은 방이라도 구해야 한다. 그리고 양육비를 벌어야 한다. 그러려면 내가 자퇴를 하고 알바를 해서라도 돈을 벌어야 한다.

항보는 그렇게 마음을 정하고 여친을 만나러 갔다. 그리고 여친을 설득하기 시작했다. 그동안의 마음고생과 그럼에도 불구하고 여친을 이해하기로 한 것이며 앞으로의 계획까지도 모두 다 마음을 다해 진지하게 이야기했다.

여친이 감동받은 표정으로 항보의 두 손을 꼭 잡았다. 거기까진 좋았다. 항보도 마음이 찡했다. 세상엔 이런 마음이 있구나. 그래서 암흑과도 같은 이 세상도 살 만한 것이구나, 그렇게 생각했다.

하지만 그 순간 여친이 깔깔 웃기 시작했다.

여친은 말했다.

"내가 임신을 했다구? 그런 거 아냐. 엄마가 늦둥이를 낳았어. 그렇게 낳지 말라고 했는데도 우겨서 낳고 말았어. 이게 말이 되니? 나이 마흔이 넘어서 늦둥이라니…… 아빠 수입으로 그 애를 어떻게 키워? 어림도 없어. 그래도 엄만 고집을 부렸어. 그리고 아이를 낳았어. 지금은 엄마가 애를 보고 있지만 이제 곧 식당 일을 나가야 해. 그럼 내가 애를 봐줘야 해. 그래서 난 심각하게 고민했어. 아예 내가 집을 나가버릴까? 그런데 이상하지? 산부인과 병원에서 갓 태어난 아이를 보니까 마음이 변하더라구. 너무 사랑스럽고 예쁜 거야. 그 아이를 미워할 수 없었어. 그런 마음을 가졌던 것조차 미안했어. 그래서 생각했어. 어차피 난 대학 포기했으니까 그냥 내가 봐주자. 내 동생이니까. 그래서 육아용품점을 기웃거렸던 거야."

자초지종을 듣고 항보는 안도의 한숨을 내쉬었다. 하지만 안심하기엔 일렀다.

"근데, 항보야. 나 좋아하는 사람이 생겼어……."

"!"

"사람 마음은 어쩔 수가 없는 거야. 사랑하는 마음은 더 그래. 내가 아무리 아니라고 발버둥쳐도 내 마음이 그렇게 흘러가. 그러니까 사랑은 하는 게 아니라 빠지는 거야. 사고야. 너, 사고당했다고 쳐."

여친은 가차 없이 말했다.

항보는 폭우에 떨어진 나비처럼 짓이겨졌다. 더구나 그 상대가 누구인지를 알았을 때는 짓이겨진 날개가 완전히 떨어진 몸통마저 두 동강이 나고 말았다.

"그 여친이 혹시…… 너니?"

나는 예에게 조심스럽게 물었다.

예가 고개를 끄덕였다.

"!"

창밖엔 폭우가 쏟아지고 있었다. 번개가 쳤다. 하늘에 구멍이 뚫린 것처럼 소나기가 물벼락처럼 쏟아졌다.

"항보가 자살했을 때, 나 엄청 충격받았어. 나 때문에 항보가 그렇게 된 줄 알고…… 하지만 조금만 더 생각해보면 나 때문이 아니라는 걸 알 수 있었어. 항보는 원래 그런 애였어. 비판적이고 우울하고 이 세상에 태어난 것을 못마땅해했어. 그러니까 항보는 나 때문에 그런 게 아냐. 나 때문에 잠깐이라도 햇볕을 본 거야."

나는 뭐라 할 말을 잃었다. 예의 말은 틀리지 않았다. 항보가 예 때문에 충격을 받은 것은 사실이었겠지만 그것 때문에 약을 먹진 않았을 것이다.

"그럼 네가 좋아하게 된 사람은 누군데?"

"모르겠어?"

예가 나를 빤히 쳐다봤다.

"……."

"모르겠어?"

"……."

나는 설마, 설마 하면서 손가락으로 나를 가리켰다. 예가 고개를 끄덕였다. 또다시 번개가 쳤다. 우르릉 쾅쾅 천둥소리가 울렸다.

이건 말도 안 된다. 그래선 안 돼~!! 넌 항보의 여친이었잖아. 그리고 난 네가 누군지도 몰라. 그냥 같은 반 아이일 뿐이었어. 그런데 왜 날?

그런 생각들이 머릿속에서 뒤엉켰다.

"항보한테도 말했어?"

"응."

비로소 난 항보의 절망을 알 것 같았다. 여친의 마음이 변한 것도 충격이었겠지만 그 상대가 가장 친한 친구였다면 견디기 힘들었을 것이다. 어떤 위대한 지성인이나 위대한 예술가 들도 사랑과 질투 앞에선 인간 본연의 모습이 되고 만다.

"어, 어떻게…… 항보한테 어떻게 그럴 수가 있니?"

나는 부들부들 떨며 예에게 소리쳤다.

"원래 사람 마음이 그런 걸 어쩌라고?"

"……."

"나도 이런 내가 싫을 때가 있어. 하지만 내가 그렇게 생겨먹은 걸 어떡해? 난 어제까지만 해도 널 좋아했지만, 오늘은 또 아냐."

"뭐?"

"다른 사람이 더 좋아졌다고!"

예가 새로 좋아하게 된 사람은 밤에 컵라면을 먹으러 와서 무섭게 쳐다보던 남자라고 했다. 그 남자는 가난한 연극배우라고 했다. 예를 그렇게 힐끗힐끗 쳐다본 이유가 좋아서였다고 고백을 했는데 그 순간 그렇게 무섭고 싫었던 사람이 갑자기 세상에서 제일 멋진 남자로 보였다고 했다.

"사랑은 변하는 거라고 하잖아. 우리가 뭐 결혼한 것도 아니고."

"난 괜찮아! 하지만 항보의 마음은? 널 그만큼 아끼고 챙겨줬는데…… 너무한 거 아냐?"

"사람은 자기 자신부터 사랑하는 거야. 자기도 사랑하지 못하는 사람은 남을 사랑할 자격이 없어."

"!"

"사랑 때문에 충격받았다고 너도 자살할래? 넌 아닐 거야. 난 똑같은 짓을 여러 사람에게 했지만 그중에 죽은 사람은 항보뿐이야. 항보가 자살한 건 항보의 문제지 내 문제가 아니란 말이야."

항보의 절망이 고스란히 내 마음으로 전해져왔다. 나는 별로 한 것도 없이 예에게 배신을 당한 것 같은데, 항보는 오죽했을까? 거기에 상대가 나였다는 것을 알았을 때 느꼈을 절망은 얼마나 항보를 아프게 했을까?

항보는 자신의 모든 것을 걸고 예를 사랑하려고 했다. 하지만 예의 사랑은 자기 감정이 더 우선이다. 어느 쪽이 더 진짜 사랑을 한 걸까?

나는 고스란히 비를 맞으며 집으로 돌아왔다.

다음 날 아침 열이 펄펄 끓었다.

"웬 비를 그렇게 맞고 다녔어?"

결석을 하고 병원에 다녀온 나에게 엄마가 죽을 끓여주었다. 흰 쌀죽에 검은 간장이 스며들자 죽이 금방 검게 변했다. 하얀색일수록 어둠에 쉽게 물든다.

"엄마."

"?"

"엄만 아빠 말고 몇 사람이나 사랑해봤어?"

"얘가 별 걸 다 묻네……."

"몇 명인데?"

"아빠가 첫사랑이었다고 했잖아."

"그럼, 그 후엔 없었어?"

"사랑하고 싶은 사람은 있었지. 하지만 사랑에 빠진 적은 없어. 그건 엄마가 윤리적인 사람이어서가 아냐. 내가 정신을 못 차릴 만큼 날 뒤흔든 사람이 없었을 뿐이지."

"그럼 지금은……?"

"……?"

"지금은 뒤흔들려?"

"무슨 소리야?"

"엄마 요즘 매일 늦잖아. 그것도 밤에……."

엄마가 나를 빤히 쳐다보았다. 그러더니 갑자기 뭔가 생각난 듯 마구 웃었다. 배꼽을 잡고 엄청 과장되게 웃었다.

"?"

"엄마한테 애인이 생긴 줄 알았니?"

"그럼, 아냐?"

"엄마 애인은 너야."

"에이, 그런 뻔한 대답 말고."

엄마는 가볍게 웃고 잠깐 생각하는 듯하더니 입을 열었다.

"엄마도 가끔은 그런 생각을 해. 정말 멋진 남자와 다른 연애를 하면 어떨까 하고. 근데 그런 생각은 그냥 공상이잖아. 다들 그럴 거야."

"그럼 왜 그렇게 늦게 다녔는데?"

"실은……엄마, 대리운전 했어."

"대리운전?"

"음. 아빠가 요즘 많이 힘들어. 사업이라고 벌여놨는데 생각만큼 잘 안 풀리는 모양이야. 전처럼 생활비를 가져다주질 않아. 그래서 네 학원비라도 벌어야겠다고 생각했어. 그래서 시작해봤어. 여성 대리운전 회사라서 좀 안심이 됐고…… 엄마가 원래 운전하는 거 좋아하잖니. 근데 생각보다 훨씬 더 어렵고 힘들더라. 처음엔 겨우 한 건, 두 건 하고 들어왔는데…… 이것도 차차 요령이 생겨서 요즘은 새벽까지 뛰었어. 하나만 더 하고 가자 하나만 더 하고 가자, 그러다 날을 꼴딱 새기도 했지……."

"아빠도 알아?"

"아니."

"근데 안 물어봐?"

"안 물어보더라."

순간 가슴 한쪽이 슬며시 저려왔다. 왜 안 물어봤을까? 그냥 믿어서일까? 의심이 사실로 밝혀지면 그 후에 감당할 일이 두려워서 차마 못 물어본 걸까?

"근데…… 이걸아, 미안해."

"뭐가?"

"엄마, 힘들어서 더는 못 하겠어. 명색이 엄만데…… 널 위해서라면 뭐든 이 악물고 해야 하는데…… 정말 힘들어서 더는 못 하겠어. 대리운전이 아니라 식당 일, 파출부 일이라도 해야 하는데…… 진짜 못 하겠어. 너무 힘들어."

"……."

"엄만 네가 빨리 대학 가서 장학금도 받고 과외 알바도 하고 그랬으면 좋겠어. 돈 벌어서 엄마 용돈도 팍팍 줬으면 좋겠어. 졸업하면 연봉 좋은 회사에 들어가서 돈 걱정 안 하고 살았으면 좋겠어. 엄마…… 못됐지? 진짜 한심하지?"

엄마가 웃었다. 그런데 내 눈엔 우는 것처럼 보였다.

나는 아빠에게 왜 엄마에게 궁금한 걸 묻지 않느냐고 묻지 못했다. 나도 두려웠다. 예에게도 그 가난한 연극배우 아저씨와 잘 지내느냐고 묻지 못했다. 항보가 살아 있다 해도 난 아무것도 묻지 못했을 것이다. 사랑이라든가 좋아하는 감정이라는 건 너무나 미묘하고 복잡해서 마치 안개 속에서 울고 있는 새를 찾는 것과 같은 것이 아닐까.

비가 오고 날이 개고 또다시 비가 오고, 사람의 마음이란 것도 그런 것 같았다. 예가 잠깐이나마 나를 좋아했다는 것처럼 내 마음도 잠깐 두근거리다가 금방 무덤덤해졌다.

참치 통조림 깡통을 따다가 손을 베면 처음엔 벤 줄도 모르다가 갑자기 핏자국이 선명해지면서 그제야 한 박자 늦게 살짝 아린 통증이 밀려온다. 사랑이라는 것도 이와 같지 않을까?

통조림 속에 든 것을 먹고 싶어서 뚜껑을 딴다. 그런데 간혹 뚜껑 따는 손잡이 부분만 똑 떨어지는 수가 있다. 그러면 칼을 들고 망치를 들고 두들기고 비틀고 온갖 짓을 다해 겨우 뚜껑을 딴다. 뚜껑이 열리는 순간은 환희다. 어둠으로 가득했던 깡통 안에 빛이 들어온다. 나는 달콤한 복숭아와 포도, 참치와 스팸 따위를 맛있게 먹는다. 하지만 빛이 들어온 순간 공기도 들어온다. 그리고 엄밀히 말해 부패가 시작된다. 감정도 그렇게 변한다. 사랑이라는 감정은 더 잘 변한다.

항보가 착각한 게 있다. 사랑은 감정이고 감정은 지속되지 않는다는 것이다. 사랑은 늘 순간의 감정이고 현재의 감정이다. 시간이 지나면 변하는 게 당연하다.

한번 비가 오면 영원히 비가 오는 게 아니라, 비 오고 개이고, 비 오고 개이고, 때로는 눈도 온다.

그러니까 지금 사랑하면 된다. 내일을 걱정할 필요는 없다. 사랑은 화석이 되지 않는다. 살아서 뛰어다닌다. 붙잡는다고 잡히지도 않는다.

나는 가끔 예가 일하는 대여점에 가서 만화책을 빌려온다. 그리고 심야의 편의점에 가서 샌드위치를 산다. 반쪽을 예에게 주고 나머지는 내가 먹는다.

"이걸아. 오늘 밤에 놀러올래?"

"또 헤어졌니?"

"그냥 땜빵해주면 안 되나?"

"이따 기분 봐서."

나는 그냥 웃어주고 나온다.

예도 내게 손가락을 흔든다.

나는 컵라면이 먹고 싶어서 편의점에 갈 수도 있고, 예가 보고 싶어서 갈 수도 있다. 예도 내가 오면 기뻐할 수도 있고, 나를 귀찮아할 수도 있다.

간혹, 연극한다는 남자 말고 또 다른 남자 친구가 옆에 죽치고 앉아 있어도 나는 아무렇지도 않다. 혹은 그 남자를 때려죽이고 싶을 만큼 질투 나는 사랑에 빠진다 해도 상관없다. 지금 내 사랑은 요만큼이고 나는 그 감정에 충실할 뿐이니까.

사랑은 늘 현재를 산다. 사랑에게 내일을 묻지 말라. 지금 여기를 넘어선 사랑은 변질된다.

_신이걸

# 불량 티쳐

바퀴벌레는 살충제가 든 먹이를 배불리 먹고 동료들이 있는 아지트로 돌아가서 먹은 것을 반쯤 토해낸다. 배고픈 동료들에게 나눠주기 위해서다. 그 먹이를 나눠 먹은 나머지 바퀴벌레도 함께 죽는다. 의도가 선했다고 해서 치명적인 독을 퍼뜨린 죄가 용서될 수 있을까?

사자는 새끼를 강하게 키우려고 벼랑에서 굴린다. 벼랑에서 떨어져 죽은 새끼 사자들 가운데, 제왕의 삶이 아니라 사슴처럼 평화로운 한순간을 살고 싶었던 사자는 단 한 마리도 없었다고 누가 감히 말할 수 있을까?

_항보

알레르기.

어떤 사람은 복숭아를 먹어도 아무렇지도 않지만 누군가에겐 두드러기가 난다. 진드기가 어떤 사람에겐 아무렇지도 않지만 누구에겐 천식을 일으킨다. 항보에게 이 세상은 온통 알레르기를 일으키는 항원이고, 항보는 거기에 민감하게 반응하는 항체였다.

십자군이 저지른 만행, 청교도가 아메리카 인디언들에게 저지른 강탈과 살육. 그것은 내게 역사적 사실일 뿐이다. 하지만 항보에게는 그 먼 나라의 옛일들이 지금 자기에게 일어난 일처럼 아픈 통증이었다. 레닌의 혁명과 광주 민주항쟁도 항보에게는 지금 당장 눈앞에서 벌어지는 참혹한 비극이었다. 남들은 시험공부에 전념하고 있을 때 항보는 그것들이 자기 일인 것처럼 피부로 느끼고 실감했다.

그리고 생각했다.

어째서 인간의 역사는 반복적으로 피를 부르는가, 어째서 전쟁과 혁명이 끊이지 않는가. 왜 한 번도 인류는 평화로울 수 없었는가? 자본가가 착취를 하든, 노동자가 파업을 하든, 사람들은 자기 일이 아니면 무관심하다.

하지만 항보는 달랐다. 그 문제의 답을 찾고 싶어했다. 항보가 윤리 선생님을 찾아가 질문을 한 것은 당연한 일이었다. 윤리는 그나마 철학을 다루는 과목이었으니까. 하지만 윤리 선생은 항보의 진심을 이해하지 못했다. 오히려 항보를 비웃었다.

"그런 건 시험에 안 나온다. 괜히 쓸데없는 소리 말고 공부나 해."

윤리 선생은 수업을 못하는 걸로 유명했다. 질문을 하면 오히려 야단을 맞았다. 특히 자기가 모르는 걸 질문하면 대놓고 면박을 주었다.

저 사람이 교사가 맞는가 싶을 정도로 수업 내용도 엉성했다. 방금 전에 한 말을 다시 정정하느라 수업의 절반을 할애했다.

"아니, 다시. 공자가 아니라 노자다. 노자가……."

이런 식으로 번복하는 일이 수업 시간에 수십 차례. 실력이 없는 것은 그래도 참아줄 만했다. 자기의 가치관을 학생들에게 강요했다.

"독립운동가의 후손과 친일파의 후손 중에 누가 더 잘살고 있을 것 같냐? 물론 친일파의 후손이지. 그럼 독재자의 후손과 민주투사의 후손 중에 누가 잘살 것 같냐? 물론 독재자지. 내가 왜 이런 말을 하고 있는 것 같냐?"

"모르겠는데요?"

"이 세상을 살아가는 두 가지 방법이 있다. 첫째, 옳고 그름을 따지는 것. 둘째, 나에게 이익이냐 아니냐를 따지는 것. 너희들은 어느 쪽을 선택할 거냐?"

"첫 번째가 정답 같지만…… 솔직히 두 번째를 더 많이 생각할 것 같은데요?"

"빙고!"

윤리 선생은 옳고 그름보다 중요한 게 나에게 이익이냐 아니냐라고 했다. 항보가 강하게 반발하자 윤리 선생은 항보를 교탁 앞으로 불렀다.

"멍청한 놈! 세상이 교과서대로 굴러가는 줄 아냐? 난 가식적인 말은 안 한다. 인생에 도움이 될 말만 한다. 왜? 난 지식보다 중요한 걸 가르치는 진짜 선생이니까. 못마땅해? 그럼 네가 선생 하든가."

교탁 귀퉁이에 튀어나온 못이 있었다. 윤리 선생은 항보의 손가락을 못에 대고 꾹 눌렀다. 항보가 움찔하자 더 세게 눌렀다.

"5분만 버텨. 그럼 네 말 인정해줄게."

윤리는 항보의 손가락을 짓눌렀다. 항보는 견디다 못해 주저앉았다.

"봐라, 정신은 몸을 이기지 못해. 그러니까 착각하지 말라는 거다. 옳고 그름을 백날 따져봐야 몸뚱이 한번 조지면 다 아작 나게 되어 있어."

윤리 선생은 교장과 재단 이사장에게도 아부로 일관했다. 학교 방침이라면 무조건 아무 생각 없이 따랐다.

"권력에 대해서는 저항하라고 있는 게 아니라 복종하라고 있는 거다."

그는 비굴했다. 가난한 학생을 무시하고 비아냥거렸다.

"누가 돈 없으래?"

"정의는 언젠가 이긴다. 하지만 지금은 아니다. 그래도 정의를 위해 싸울래?"

우리는 윤리 선생 이름 나상연의 이름을 따서 '나쌍년 어록'이라고 부를 정도였다.

강한 자를 적으로 만들지 말라. 너만 피곤해진다.

가늘고 길게 버티는 놈이 장땡이다.

불의와 싸우지 마라. 차라리 불의를 저질러라. 이긴 놈이 정의다.

희생하지 마라. 알아주는 놈 없다.

권력에 저항하지 마라. 떡고물을 챙겨라.

윤리 선생 못지않게 항보가 싫어한 선생이 있었다. 국어 과목 송선미 선생이었다. 그녀는 학생들의 생활지도는 완전히 포기한 사람이었다.

한번은 복도에서 창밖을 내려다보고 있는 송선미 선생을 본 적이 있었다. 하도 뚫어지게 내려다보고 있기에 나는 뭔가 하고 창밖을 내려다보았다. 아이들이 담배를 피우고 있었다. 그녀는 말없이 돌아서서 걸어갔다. 보고도 못 본 척한 것이었다.

한번은 이런 일도 있었다. 수업 시간에 휴대폰으로 계속 문자질을 하던 아이가 나중엔 통화를 하기 시작했다. 국어 선생이 있거나 말거나 상관없이 목소리는 점점 커졌다.

"수업은 방해하지 말아야지."

국어 선생은 돌아서서 칠판에 판서를 하면서 말했다. 그러자 휴대폰으로 시끄럽게 굴던 아이가 툭 내뱉었다.

"씨발, 존나 오늘 왜 저래?"

순간, 국어 선생의 분필이 멈췄다가 다시 움직였다. 분명 그녀는 자기에게 한 욕을 들었지만 못 들은 척 그냥 지나쳐 간 것이다.

항보는 국어 선생을 지식 장사꾼이라고 불렀다. 아무런 사명감도 없이 교사가 된 인간들. 이런 교사들은 사회악이며 가장 흉악한 범죄자라고 했다. 교장, 교감은 돈으로 사고파는 자리고, 실력 있는 교사는 학원으로 튀고, 실력 없는 교사는 애들 등쳐먹고 산다고 했다. 범죄자들이 교도소를 학교라 부르듯, 우리는 학교를 교도소라고 불러야 한다고 했다. 교사는 악질적인 교도관에 다름 아니라는 것이었다.

항보는 윤리 선생을 보면서 독이 든 먹이를 나눠먹는 바퀴벌레의 비유를 들었을 것이다. 자기는 진심이지만 받는 자에게는 독이 될 수도 있다는 걸 그는 왜 모를까?

"신이걸, 너 문예반이었지?"

윤리 선생이 나를 따로 불렀다.

"네."

"문예 특기생으로 대학 갈 생각 없냐?"

"네?"

"스펙 좀 쌓으란 말이야. 요즘 입시 제도가 많이 바뀌었잖아. 내가 도와줄게."

그는 자기가 잘 아는 작가가 있는데 나를 연결해주겠다고 했다. 그 작가를 통하면 공모전 당선이나 등단도 가능하다고 했다. 그럼 공부하느라 빵이 치지 않고도 특기생으로 대학에 갈 수 있다고 했다.

"이 세상에 공짜가 없다는 건 알지?"

그가 야릇한 미소를 지었다. 송충이가 목덜미로 기어들어가 등을 기어 다니는 느낌이 들었다.

그리고 며칠 후 수업 시간이었다. 그가 수업 시간에 늦게 들어오더니 책상을 붙여 놓고 잠을 자기 시작했다. 술 냄새도 풍겼다.

"야, 윤리 선생 미친 거 아냐? 이젠 아주 대놓고 지랄이네."

두락이가 혀를 찼다.

"교사가 과외하면 불법이지?"

영일이가 내게 물었다.

"그럴 걸?"

"학교에선 놀고 집에선 논술 과외한다더라. 일명 족집게 과외. 열 번 해주고 오백만 원이래."

"!"

항보는 갔지만 그는 변하지 않았다. 국어 선생 송선미도 마찬가지였다.

나는 윤리 시간에 몰래 휴대폰으로 수업 장면을 찍었다. 그 어설픈 강의. 틀리고 번복하고, 틀리고 번복하는 강의. 소위 나쌍년 어록이라 불릴 만한 해괴한 논리를 말할 때는 더욱 놓치지 않고 찍었다.

국어 송선미 선생도 찍었다. 아주 대놓고 국어가 보는 앞에서 담배를 피우는 데도 못 본 척 그냥 지나가는 모습. 자기한테 욕을 하는 데도 고개를 푹 숙인 채 못 들은 척 그냥 지나가는 모습.

국어 시간이 끝나자 나는 동영상을 폰 메일로 보냈다. 계단을 내려가다가 휴대폰을 꺼내 동영상을 본 국어 선생의 얼굴이 하얗게 질렸다.

나는 동영상에 이런 문자를 덧붙였다.

선생님 맞습니까?

국어는 한동안 말을 하지 못하고 입술을 파르라니 떨었다. 마음이 진정이 되지 않는 듯했다.

나는 윤리 선생에게도 동영상을 보냈다. 수업 시간에 궤변을 늘어놓은 모습을 찍은 것이었다. 잠시 후 답 문자가 왔다.

어떤 새끼냐?

선생님의 가르침에 동의할 수 없는 제자입니다.

동의하지 마, 새꺄.

진지하게 고민해주십시오. 계속 그러시면 교육부 홈페이지에 올릴지도 모릅니다.

올려 새꺄.

지독했다. 역시 윤리 선생다웠다.

나는 그가 사는 집으로 찾아갔다. 대문 앞에서 기다리고 있다가 불법 논술 과외 현장을 잡아낼 생각이었다. 논술 말고도 다양한 장르의 특기생을 자기가 아는 지인이나 학원으로 연결해주고 돈을 받는다는 소문이 있었다. 그렇다면 윤리는 교사가 아니라 교육 브로커였다. 나는 확실한 물증을 잡고 싶었다. 할 수만 있다면 다시는 교단에 서지 못하게 만들고 싶었다.

해가 점점 길어져서 저녁 7시가 넘었는데도 날이 훤했다. 그는 보이지 않았고, 대문은 굳게 닫혀 있었다. 그의 집으로 찾아오는 학생도 없었다.

휴대폰이 울렸다.

학원이었다.

"야, 신이걸, 너 어디야? 요즘 너 왜 그래? 학원 빼먹고 어디로 자꾸 새는 거냐고?"

학원장이었다.

"나중에 말씀드릴게요."

"이걸아!"

나는 폰을 끊었다. 이화여대를 나왔다고 뻥치고 있는 여자였다. 사실은 그냥 평범한 지방대를 나왔다. 학원 선생들도 대부분 학력을 부풀리거나 속였다. 성적만 올려주면 아무도 문제 삼지 않았다.

어둠이 내리고 별이 총총 떴다. 대문은 잠긴 채 열릴 줄을 몰랐다. 길고양이만 어슬렁거렸다. 때 이른 모기가 물어뜯었다. 나는 자정이 조금 지난 시간까지 그 집 대문 앞에 죽치고 있었다. 휴대폰이 울렸다. 창기였다.

"왜?"

"뉴스 봤냐?"

"뉴스?"

"윤리 선생이…… 죽었다."

"!"

나는 내 귀를 의심했다. 죽다니? 왜? 어째서? 휴대폰으로 인터넷에 접속해서 뉴스 다시 보기를 찾았다.

윤리 선생은 지하철역에서 선로에 떨어진 할머니를 구하고 자신은 들어오는 전동차에 치여 그 자리에서 즉사했다.

나는 혼란에 빠졌다. 교사로서 그 사람은 불량 티처였다. 하지만 한 사람의 인간으로서는 의로운 일을 했다. 그의 행동은 평소에 말하던 자신의 지론과도 맞지 않았다. 그는 희생 같은 건 하지 말라고 했다. 이기적으로 살라고 했다. 그런데 왜 그런 행동을 한 것일까?

이성적인 판단을 할 수 없을 만큼 짧은 찰나의 순간에 벌어진 일이었기 때문일까? 아니면 그가 본래는 선량한 사람이었기 때문일까? 아니면 교사로서의 자기 삶에 회의를 느끼고 자살을 하려고 했던 것일까?

다음 날 아침, 학교는 윤리 선생의 사고 소식으로 발칵 뒤집혔다. 며칠 지나면서 그의 과거에 대한 소문이 하나둘 들려오기 시작했다.

그는 원래 육사 출신의 정훈장교였다. 그런데 사단장과 연대장 및 보급장교의 비리를 고발하는 문건을 작성했다가 단단히 찍혀서 진급도 못 하고 따돌림을 당했다. 군부대 중에서도 힘들다는 곳으로만 뺑뺑이를 돌았다. 심지어 정부를 비판하는 말을 했다고 빨갱이로 몰려 보안대에 끌려가 가혹한 고문과 조사를 받았고 결국 불명예제대를 했다.

그 후 선배의 도움으로 이 학교의 체육 교사가 되었는데 초창기에는 알아주는 열혈 교사였다고 했다. 언제나 학생들 편에 서서 학교장과 싸우고 이사장과 싸우며 자기의 뜻을 굽히지 않았다.

그러던 어느 날 생활지도 중 교사에게 막말을 하며 대드는 학생을 체벌하다가 척추를 잘못 건드렸고, 결국 그 학생은 하반신 마비 직전까지 갔다. 그 사건을 무마하기 위해 거액의 합의금과 보상금을 물어주었다. 덕분에 전세금을 빼서 월세 방으로 이사를 해야 했다.

그에게는 어린 아들이 셋이나 있었는데 막내가 정상이 아니라고 했다. 정확히 어떤 병인지는 몰라도 병원을 제집처럼 드나들며 일 년 열두 달 약을 먹어야만 하는데 희귀병이어서 보험도 안 되고 약값이 보통 비싼 게 아니라고 했다.

그러니까 소문이 다 사실이라면 그는 정의고, 나발이고 힘과 권력 앞에는 속수무책이라는 걸 온몸으로 겪으며 살아왔던 것이다. 수업 시간에 버벅거린 것도 원래가 체육교사였기 때문이었고, 무엇보다 그는 항상 돈에 쪼들려왔다.

그렇다면 우리가 알고 있던 그는 과연 누구였을까? 그는 정말 불량 티쳐였을까?

나는 한동안 혼란에 빠졌다. 인간이라는 알 수 없는 심연이 확 다가왔다. 나로서는 풀 수 없는 수수께끼 같은 세상이 저만치에 놓여 있는 것 같았다. 나는 그 문을 어떻게 통과해야 할까? 통과할 수 있을까?

다만, 하나는 분명했다. 우리는 사람을 너무 멀리서 본 것이다. 속으로 들어가지 못하고 겉만 보고 판단했던 것이다.

그 사건이 있은 후 나는 한동안 어떤 장면이 계속 머릿속에

맴돌았다. 독이 든 먹이인 줄도 모르고 배고픈 동료들에게 나눠주려고 빨빨거리며 돌아오는 바퀴벌레의 웃는 얼굴이었다.

또 하나 놀라운 건 국어 선생 송선미가 바뀌었다는 것이다. 늘 그렇듯이 대놓고 앞에서 담배를 피우던 학생에게 송선미 선생이 갑자기 뚜벅뚜벅 걸어가더니 담배를 휙 낚아채듯 뺏었다. 그리고 담배를 분질렀다.

"앞으로 담배는 안 돼. 욕도 안 돼. 애들 패는 것도 안 돼. 내가 가만두지 않을 거야."

"!"

아이들은 너무 놀라서 일시 정지된 것처럼 국어 선생을 바라보았고, 국어는 그대로 돌아서서 교무실로 갔다. 움츠러든 지식 장사꾼에서 교사로 다시 변신하는 순간이었다. 그 뒷모습이 갑자기 거대한 산처럼 부풀어 오르는 것 같은 착각이 들 정도였다.

나중에 들은 얘기지만 국어 선생에게도 나름의 사연이 있었다. 전에 근무하던 학교에서 담배를 피우는 아이들을 불러 야단을 쳤는데 그중 한 학생이 그녀에게 대들다가 자기도 모르게 확 떠밀었다. 그래서 국어 선생은 넘어지면서 머리가 찢어졌고 십여 바늘이나 꿰매야 했다.

병원에서 찢어진 상처를 꿰매며 그녀는 아이들을 향해 열어두었던 뜨거운 마음마저 봉합 수술을 받게 되었다. 그날 이후

그녀는 학생들이 소름끼치도록 싫어졌다. 우르르 몰려다니는 아이들을 보면 작은 괴물들 같은 생각이 들었고, 눈이라도 마주치면 덜컥 겁이 났다.

그런 나날들이 길어지면서 아이들을 싫어하고 두려워하는 선생이라는 생각이 들 때마다 심한 자괴감과 우울증에 빠지기도 했다. 사표를 낼 생각도 여러 번 했지만 차마 그러지 못했다. 학생도 무서웠지만 교사를 그만두고 살아가야 할 날들이 더 두려웠기 때문이라고 했다.

그런 송선미 선생의 변화도 놀라웠지만 담배를 빼앗긴 녀석의 변화도 놀라웠다. 적어도 국어 선생 앞에서만큼은 전처럼 담배를 피우거나 욕을 하지 않았다. 녀석은 말로 설명할 수 없는 그 무엇을 느낀 것이다. 녀석은 가끔 이런 말도 했다.

"국어 선생, 귀엽지 않냐?"

항보는 윤리 선생님과 국어 선생님의 내면을 바라보지 못했다. 그래서 그들이 왜 불량 티쳐가 되었는지를 이해하지 못했다. 그릇된 행동을 욕하기에 앞서 왜 그런 행동을 했는지 그 내면을 들여다보고 한 인간을 이해하려고 노력하지 않는다면 우리는 영원히 그 사람의 진심과 진실을 놓치게 될 것이다.

불량 티쳐는 얼마든지 있다. 불량 학생도 무수히 많다. 하지만 그들 모두가 아픔과 속사정이 있는 결점투성이의 인간이라는 점을 잊어선 안 된다. 첫인상이나 겉모습만으로는 다 알 수 없는 인간의 심연을 보는 눈을 가져야 한다. 인간은 평가의 대상이 아니라 사랑의 대상이다.

_신이걸

# 냄비 암살단

수억 수만 년 전부터 모든 생명은 지구라는 별 안에서 생성과 소멸을 반복해왔다. 지구 밖에서 무엇인가가 들어온 적도 없고 지구 안에 있던 것이 밖으로 나간 일이 없다. 모든 생명은 지구를 모태로 한 지구의 자식들이다. 그런데 사람은 서로 나눌 줄을 모른다. 옆에서 누가 굶어 죽어도 나만 배부르면 그만이다. 죽어가는 사람의 옷까지 벗겨가는 존재가 사람이다.

_항보

항보의 아이디로 로그인을 했다가 이상한 쪽지를 받았다.

준비 완료. 실행 명령만 기다리고 있음. 오더 바람. 냄비 암살단.

발신인 닉네임은 '데스 노트'

처음엔 만화책 이야기인 줄 알았다.

하지만 어딘지 모르게 심상치 않은 기운이 느껴졌다. 나는 항보 이름으로 답신을 보냈다.

어떤 실행 명령을 말하는 거지?

다시 쪽지가 떴다.

만나 작전.

다시 물었다.

구체적으로……!

잠시 후 다시 쪽지가 왔다.

만나 작전을 잊었단 말이야? 이것 말고도 다른 작전이 많이 있는 거니?

그래.

어떤?

다 말해줄 순 없어.

너…… 항보 맞아?

맞아.

우리가 현대판 홍길동이라고 불렀던 게 뭔지 말해봐.

나는 당황했다. 짧은 순간 머리를 굴렸다. 언젠가 항보가 했던 말이 불쑥 떠올랐다.

"신자유주의자들은 시장에 국가가 간섭하지 않는다면 모든 문제가 해결된다고 믿었어. 하지만 국가 권력이 시장에 간섭하지 않는다는 건 현실적으로 불가능해. 한동안은 거대 자본과 국가 권력이 서로 주도권을 잡으려고 싸울 거야. 결국은 국가 권력이 승리할 거야. 아니면 자본이 국가 권력을 장악해서 한 몸이 되거나. 어떻게 되든 가난한 사람들의 고통은 더욱 커지게 될 거야."

항보가 하는 말을 그때는 다 알아들을 수 없었다. 하지만 지금 데스 노트의 질문을 받는 순간 갑자기 그 말이 이해가 됐다.

신자유주의의 레지스탕스.

항보 맞구나. 근데 왜 그래? 난 다른 사람인 줄 알고 섬뜩했어.

난 다른 많은 계획을 갖고 있어. 그래서 잠시 잊었어. 다시 상기 시켜 줄래?

나는 계속해서 항보인 척하고 질문을 던졌다.

하나, 은행 서버를 해킹한다. 둘, 불법 자금을 찾아낸다. 셋, 사회복지 시설의 계좌로 뿌려준다. 그런 작전이었잖아.

나는 깜짝 놀랐다. 만나 작전이라고 해서 이성 친구들을 만나게 해주는 미팅 정도일 거라고 생각했다. 그런데 알고 보니 이건 할리우드 영화 속에서나 나올 법한 거대한 금융 해킹 범죄 계획이었다. 아마도 만나 작전의 만나는 구약에 나오는 일용할 양식을 의미하는 것 같았다. 성경에 의하면 하나님은 광

야를 헤매는 이스라엘 백성에게 매일 하늘에서 만나를 눈처럼 떨어뜨려주었다.

잠시 대기. 좀 더 고려할 게 있어.

뭘 더 고려해? 홍길동, 임꺽정의 뒤를 이어 십 대 청소년 의적단을 만들자고 했잖아. 부패한 자들의 금고를 털어 세상을 깜짝 놀라게 해줄 걸 생각하면 더 이상 늑장 부릴 여유가 없어.

아무리 좋은 뜻이라 해도 수단이 중요해.

뭐야? 아직도 도스토옙스키야? 아니면 성경? 네가 한 말을 이제 와서 뒤집는 거야? 아니면 벌써 다 잊은 거야? 거액의 뇌물, 불법 정치자금, 불법 비자금의 주머니를 찢는 것뿐이라며? 아무리 열심히 일해도 먹을 것, 입을 것, 잠잘 것을 걱정하게 하는 세상은 본때를 보여줘야 한다며?

다시 항보의 블로그에서 보았던 글이 생각났다.

사람은 평등하게 태어나지 않는다. 부자와 가난한 자, 머리가 좋은 자와 나쁜 자, 재능이 많은 자와 적은 자로 다 다르게 태어난다. 인격은 평등해도 능력은 평등하지 않다.

우리는 모두가 일을 한다. 능력껏 열심히 한다. 그런데 왜 우리 주변엔 돈 때문에 한숨 쉬고, 아파하고, 죽어가는 사람들이 이렇게 많은가? 일자리가 없단다. 회사에서 잘리고 가난에 시달리고 빚더미에 몰린다. 자살하고, 분신하고, 시위를 한다. 끌려가서 얻어맞는다. 이 세상 부의 99%를 겨우 1%의 부자들이 다 차지하고 있기 때문이다. 그들은 움켜쥔 손을 펴지 않는다. 타인의 고통은 나 몰라라 한다.

시장 상인이나 농부, 어부, 회사원 들이 금융 재벌이나 부동산 재벌, 정치 재벌보다 게을렀을까? 그들이 한 일이 그렇게 형편없고 하찮은 일이었을까? 재벌들은 얼마나 가치 있고 소중한 일을 했기에 그렇게 많은 부를 독차지하는 걸까? 지구 안에서 우리는 모두가 한 형제다. 어느 누구의 소유로 독점해서는 안 된다. 말귀를 못 알아들으면 때려서라도 가르쳐야 한다.

_항보

나는 데스 노트에게 다시 쪽지를 보냈다.

의도는 좋아도 방법이 옳지 않으면 지지를 받을 수 없어.

혹시 다시 교회 나가니?

아니.

근데 왜 개독교 애들 하는 소리를 해?

사람 생각은 바뀌니까.

넌 이게 우리의 유일한 방법이라고 했잖아!

조금만 더 생각해보자. 다른 방법이 있을 거야.

너 아무래도 이상해.

은행 서버를 해킹해서 검은 돈을 찾아내 가난한 사람들에게 나눠준다는 건 황홀한 이야기다. 멋지고 낭만적인 이야기다. 하지만 그건 범죄다.

아무래도 너 아직도 도스토옙스키한테 발목 잡혀 있는 것 같아.

데스 노트가 말하는 건 아마도 『죄와 벌』일 것이다. 항보가 그 책을 들고 다니던 때가 있었다.

"결말이 마음에 안 들어. 라스콜리니코프의 고민은 정당했고, 노파는 차라리 죽는 게 나았어. 소수의 희생으로 다수가 살 수 있다면 그렇게 하는 게 옳아. 그 원칙은 우리만 주장하는 게 아냐. 예를 들면 전 세계 대부분의 나라에서 테러에 대응하는 원칙 같은 거 말이야. 정부는 소수의 인질이 죽더라도 테러범과는 절대로 협상하지 않아. 그 원칙을 고수하지 않으면 계속해서 테러가 발생될 테니까."

항보는 테러리스트가 나오는 영화를 보며 말했다. 그리고 자기는 솔직히 주인공보다는 테러리스트의 편이라고 했다.

항보는 말했다.

"흔히 냄비 근성이라고 하잖아. 그 순간엔 확 달아올라서 이성을 압도하는 감정으로 폭발했다가 정작 그 일이 마무리되기도 전에 차갑게 식어버리는 현상. 그래서 어떤 일이든지 3개월만 끌면 나쁜 놈들이 이겨. 이미 사람들은 다른 사건에 눈과 귀가 쏠려 휘둘리고 있으니까. 그래서 우리에게 필요한 건 냄비 암살단이야."

"냄비 암살단?"

"여론 몰이하면서 사람들의 관심을 딴 데로 돌리고 그러다 열기가 식으면 유유히 빠져나가는 악당들만 골라서 처단하는 킬러 집단!"

나는 항보가 만화 같은 얘기를 한다고 생각했다. 액션 영화로 만들어도 괜찮을 것 같다고 생각했다. 하지만 그런 일을 현실에서 시도할 수 있다고는 감히 상상도 못했다. 그런데 항보는 실제로 그런 일을 꾸미고 있었던 것이다.

몇 명이나 될까? 또 무슨 일을 계획했을까? 정말 그것이 현실적으로 가능한 일일까? 나는 머릿속이 복잡해졌다.

아무튼 대기! 다시 연락하겠음.

내가 마지막 쪽지를 보냈다.

오래 못 기다림. 단독 실행할 것임.

데스 노트의 마지막 쪽지는 위협적이었다.

영일이는 PC방 구석자리에 앉아 컵라면을 먹으며 게임을 하고 있었다.

"다른 건 몰라도 하나는 알겠다."

"뭐?"

"나쁜 놈들은 항상 시간을 질질 끌다가 미꾸라지처럼 잘도 빠져나간다는 거. 사람들은 죽일 놈 살릴 놈 하면서 흥분하다가 금방 잊어먹는다는 거. 그런 놈들을 혼내주는 냄비 암살단이라니 그거 짱 멋진데!"

"멋지긴 하지만……."

"너 태권도가 왜 태권술이 아니라 태권도인 줄 아냐?"

"글쎄?"

"때려눕힐 힘이 있지만 참으니까 도야. 해커도 그렇다. 할 수 있는 힘이 있지만 참아. 그러니까 해커도라고나 할까? 난 솔직히 하루에도 몇 번씩 그런 유혹을 느껴."

"어떤?"

"생각해봐. 네가 맘만 먹으면 남의 이메일을 열어볼 수 있어. 개인 컴퓨터 하드에 뭐가 들었는지 샅샅이 뒤져볼 수도 있어. 신상 정보는 물론이고 공인인증서 비밀번호도 알아낼 수 있지. 마음만 먹으면 청와대든 은행이든 주식시장이든 마음대로 드나들 수 있어. 연예인의 사생활, 학교 시험 문제 등등 뭐든 원하는 걸 얻을 수 있어. 맘만 먹으면 은행을 다 망가뜨릴 수도 있어. 정말 엄청나지 않냐? 만약 너한테 그런 힘이 있다면 넌 뭘 하고 싶겠니?"

"그게 가능해?"

"실력만 된다면 그보다 더 무서운 일도 가능하지. 원격 조정으로 미사일도 발사할 수 있을걸?"

"정말?"

"당연하지."

"근데 그걸 어떻게 참냐?"

"그러니까 도라고 했잖아."

영일이의 게임 캐릭터는 전투복 차림으로 수류탄을 던진 다음 벽을 등지고 몸을 숨겼다. 폭발음이 들리고 상대편 적이 죽는 장면이 떴다. 영일이는 만족한 미소를 지었다.

"데스 노트를 추적하는 것은 어려운 일이 아냐. 몇 가지 프로그램을 쓰면 돼. 상대가 고수라면 나도 유인책을 쓰면 되고."

영일이는 컵라면 국물을 바닥까지 마시고 남은 단무지를 우걱우걱 씹어 먹었다.

며칠이 지났지만 데스 노트에게서 연락은 오지 않았다. 나는 매일 뉴스를 검색했다. 은행을 해킹했다는 소식은 없었다.

"어쩌면 은행들이 벌써 당해놓고 쉬쉬하고 있는지도 몰라. 이 사실이 알려지면 엄청난 파장이 밀려 올 테니까. 당장 주가부터 폭락하겠지. 대규모 인출 사태가 벌어질 테고……."

영일이가 피곤에 지친 얼굴로 말했다.

"데스 노트 쪽은 알아봤어?"

"당근이지."

"그래?"

"근데, 나 좀 겁난다."

"?"

영일이가 마우스를 움직여 모니터에 사진 한 장을 띄웠다. 여자아이의 사진이었다.

"이름은 조아라. 지금부터 10년 전 사진이야. 아라가 일곱 살 때. 예쁘지?"

해맑은 얼굴로 웃고 있는 귀여운 아이의 얼굴이었다. 햇살이 뺨을 간질이고, 눈은 반달눈으로 웃고 있었다.

"에덴 보육원에 들어갈 때만 해도 이렇게 밝았어."

"보육원?"

영일이는 심각한 얼굴로 10년 전 사회면 신문 기사 스크랩을 띄웠다.

빚더미 비관, 전처와 아이 살해 후 투신자살

"이게 뭐야?"

"아라가 일곱 살 때였어. 엄마와 아라 그리고 초등학교 3학년 오빠 이렇게 셋이 살고 있었지. 갑자기 이혼한 아빠가 술에 취해 찾아왔어. 그리고 엄마를 개 패듯 때렸어. 오빠가 달려들어 말렸지만 힘으로는 이길 수 없었겠지."

아빠는 반항하는 아라의 오빠를 빨랫줄로 묶었다. 그리고 엄마의 목을 졸랐다. 엄마가 축 늘어지자 오빠마저 목을 졸라 살해했다. 아라는 귀를 막고 눈을 감고 비명을 질러댔다. 순식간에 벌어진 일이었다. 아빠는 그제야 자기가 무슨 짓을 했는지 깨달았다. 짐승처럼 절규하던 아빠는 아라 마저 옆구리에 안았다. 그러고 아파트 베란다로 갔다. 아라는 본능적으로 살려달라며 발버둥을 쳤다. 지칠 대로 지친 아빠는 아라를 더 이상 붙잡지 못하고 놓쳤다. 아라가 허겁지겁 달아나 벽에 붙어 웅크리고 떨고 있을 때 아빠는 아라를 슬픈 눈으로 바라봤다. 그리고 미안하다는 한마디 말을 남기고 그대로 창밖으로 몸을 던졌다. 아파트 10층이었다.

그 후 아라는 보육원으로 보내졌다. 아라는 실어증에 걸렸다. 정상적인 학교생활도 할 수 없었다. 그래서 보육원 일을 거들며 혼자 공부했다. 검정고시로 중학교를 마치고 고등학교도 마쳤다. 아라에게 유일한 친구는 컴퓨터였다. 아라는 매일 컴퓨터를 끼고 살았다.

"아라는 컴퓨터 프로그래머이면서 인터넷 논객이기도 했어. 몇 개의 필명으로 세상에 대한 비판의 목소리를 높였지. 아마, 그러다 항보를 만났을 거야. 물론 인터넷 상에서였겠지만……."

사방에서 게임 효과음이 들려왔다. 주로 총성과 칼 부딪히는 소리, 폭탄 터지는 소리, 그리고 좀비와 괴물들의 비명소리였다. 나는 한동안 아무 말도 할 수 없었다. 아라의 비극적인 가족사가 가슴을 저며왔다.

"그런데 뭐가 무섭다는 거야?"

"그런 일을 겪고 살아온 아라의 머릿속에 뭐가 들었겠냐?"

"!"

아라는 이 세상에 복수하고 싶을 것이다. 이 세상을 날려버리고 싶을 것이다. 증오와 분노로 가득 찬 폭탄을 안고 살아가고 있을 것이다. 어쩌면 아라는 영일이의 생각보다 훨씬 심각한 상태인지도 모른다.

"아이피를 추적해보니까 PC방이야. 거의 일주일 째 같은 자리에 앉아 있는 거야. 그것만으로도 정상은 아니지."

"보육원에선?"

"찾는 척은 하겠지만 사실은 못 찾았으면 하는 바람이 더 크지 않을까?"

"은행 해킹은? 설마 벌써 시도한 건 아니겠지?"

"아쉽게도 아직인 것 같아."

"아쉽게도?"

"난 애가 그냥 확 저질러버렸으면 좋겠어. 사람들이 얼마나 통쾌하겠냐?"

영일이가 묘하게 웃었다. 그랬다. 어쩌면 나도 그걸 바라고 있는지 몰랐다. 누군가 통쾌하게 세상을 향해 한 방 먹여주기를.

새삼 돈이라는 게 무서웠다. 아라 아빠를 그렇게 만든 건 결국 돈이었다. 돈이 사람을 폐인으로 만들고 살인귀로 만든다. 이게 다 돈 때문이다. 돈이 꼭 있어야 할 자리에 있지 않고 없어도 될 곳에 뭉쳐 있기 때문이다.

꿈의 다이너마이트가 있다면 터뜨리고 싶다. 이 세상을 날려버리고 싶다. 그리고 다시 시작하는 거다. 모두가 평화롭게, 특별한 부자도 없고 지독한 가난도 없는 세상. 하지만 그런 꿈이 가능할까? 어쩌면 인류는 무한 반복의 역사를 써왔는지도 모른다. 핵전쟁, 원시시대, 빙하기, 역사시대, 핵전쟁, 원시시대, 빙하기, 역사시대…… 인간의 본성은 변화되지 않는다. 다만 억누르고 감출 뿐이다. 점점 더 교묘하게. 난세에 영웅이 등장하듯 간혹 의적도 등장하면서.

_항보

영일이와 나는 아라가 숨어 있는 PC방으로 찾아갔다. 가상의 공간에서 가상의 존재로 원하는 것은 무엇이든 이룰 수 있는 상상의 세계. 각종 게임 음향이 뒤섞인 공간의 PC방 맨 구석 자리에 조아라가 앉아 있었다.

아라는 마치 거식증 환자처럼 깡마른 몸이었다. 가느다란 팔. 움푹 패인 볼. 퀭한 눈. 길게 자란 머리카락이 얼굴의 반을 덮고 있었다. 혼자서 밤에 마주쳤다면 귀신인 줄 알고 비명을 질렀을 만큼 그로테스크한 모습이었다. 그런 아라의 음산한 기운이 느껴져서 그랬을까? 아라의 옆자리는 양쪽 모두가 비어 있었다.

나와 영일이는 아라의 양쪽 옆자리에 앉았다. 아라는 한 손으로 마우스를 잡은 채 눈을 반쯤 감고 몽롱한 상태로 있었다.

바람이 불면 넘어질 것만 같았다.

시간이 조금 지나자 우리의 시선을 느꼈는지 아라가 나와 영일이를 힐끗 쳐다보았다. 우리는 아무 말도 할 수 없었다. 아라를 바라만 볼 뿐. 아라는 다시 무심한 듯 눈을 반쯤 감으며 시선을 돌렸다.

모니터에는 지금까지 한 번도 본적 없는 이상한 프로그램이 떠있었다. 확인 버튼 위에 마우스 커서가 놓여 있었다. 클릭만 하면 뭔가 실행되기 직전의 상태였다.

침묵이 흘렀다.

아라의 손가락은 마우스 위에 놓여 있었다. 금방이라도 딸깍 하고 누르면 이 세상이 아니라 아라 자신이 폭발해버릴 것만 같았다.

"너 누구야?"

아라가 먼저 입을 열었다.

"며칠 전에 너랑 쪽지로 얘기한 사람."

"!"

아라가 힐끗 나를 돌아보았다. 어쩐지 수상쩍었는데 역시나 그랬구나 하는 표정이었다.

"항보는?"

"……."

"항보는?"

"자살했어."

"!"

아라는 충격을 받은 듯 까만 두 눈을 멍하니 뜬 채 다시 모니터만 바라보았다.

"그동안 난 항보가 왜 스스로 목숨을 끊었는지…… 그 이유를 찾아왔어. 그러다 널 알게 된 거야. 그런데 알듯 하면서도 모르겠어……."

"?"

"요즘은 어쩌면 항보는 비눗방울이 아니었을까 그런 생각을 해. 비눗방울이 세상을 비추듯이 항보도 자기 안에 세상을 다 담고 싶었던 것 같아. 하지만 비눗방울은 약해. 바람이 조금만 세게 불어도 그냥 터져버려. 아마 그래서였던 것 같아. 누구보다 맑고 순수해서. 이 세상이 견딜 수 없어서 스스로 터져버렸는지도 몰라. 비눗방울처럼."

"……."

"사실은 널 말리러 왔어. 근데 직접 널 보니까 못 말리겠다. 스스로 터져버리는 비눗방울보다는 차라리 폭탄이 되어서 이 세상을 박살내보는 것도 좋겠다는 생각이 들어."

"!"

"난 그냥 갈래. 네가 알아서 해."

나는 자리에서 일어났다. 영일이에게 눈짓을 하고 먼저 돌아섰다. 영일이가 주춤주춤 일어나 따라나섰다. 아라는 여전히 그대로 굳은 듯 앉아 있었다. 내가 문을 열고 나가려는 순간 영일이가 돌아섰다.

영일이는 다시 아라의 자리로 돌아갔다. 그리고는 마우스를 잡고 있는 아라의 손을 덮어 잡더니 딸깍 하고 클릭을 했다.

실행!

나는 깜짝 놀랐다. 아라도 놀란 눈으로 영일이를 올려다보았다.

"무슨 짓이야?"

나는 영일이에게 소리쳤다. 영일이는 비장한 얼굴로 숨을 몰아쉬더니 말했다.

"얜 우리가 그냥 가면 여기서 이대로 화석처럼 앉아 있다가 죽어버릴지도 몰라. PC방에서 게임하다 갑자기 뒈져버리는 돌연사처럼!"

"!"

"하지만 이젠 경찰이 오겠지. 교도소든 소년원이든 어디든 가는 편이 나아. 혼자 두면 정말 제풀에 죽어버릴 거라구!"

영일이가 씩씩거리며 말했다.

"그렇다고 이러면 어떡해?"

"차라리 이게 나아."

"?"

"이게 조금이라도 성공한다면 아라는 실력 있는 해커로 세상의 주목을 받게 될 거야. 컴퓨터 보안 업체나 아이티 기업 쪽에서 스카우트 제의도 들어오겠지. 실형을 선고받고 전과가 생기면 오히려 그게 경력이 될 거야. 그러니까 여기서 고민만 하다 제풀에 죽어버리는 것보단 백배 낫다구!"

영일이는 진심으로 자기 일인 것처럼 조아라를 걱정하고 있었다. 아라도 그 마음을 느꼈는지 퀭한 눈으로 영일이를 향해 고개를 돌렸다.

우리가 영일이의 도발에 놀라고 있는 그 순간 실시간으로 아라가 만든 프로그램은 놀라운 일을 벌이고 있었다. K은행 서버 해킹. 수십억 원의 검은돈이 각종 자선단체, 아동보호시설의 계좌로 이체되었다.

동시에 청와대, 교육부, 사이버수사대, 각종 포털 사이트와

언론사 사이트 메인 페이지에 아라와 항보가 함께 만든 플래시 애니메이션이 떴다.

홍길동 스타일의 소년 해커가 등장하여 귀엽고 사랑스러운 캐릭터들과 함께 춤과 노래를 하며 은행 문을 도술로 열었다. 그리고 금괴와 돈뭉치를 꺼내 나른다. 구름을 타고 날아간 해커 소년은 세계 곳곳의 기아와 가난에 허덕이는 사람들에게 뿌린다.

"1%의 부를 99%에게!"

"모두가 함께 행복한 세상을 만들어요!"

"의적 해커 냄비 암살단!"

마지막으로 주인공 캐릭터가 엄지손가락을 치켜들고 윙크를 하며 말했다.

"우리가 바꿀 수 있어요!"

불과 10분 동안 벌어진 일이었지만 네티즌은 발칵 뒤집혔다. K은행과 국내 주요 기관의 사이트를 장악했지만 심각한 피해는 주지 않았고, 이체되었던 돈은 다시 원래대로 옮겨졌다.

냄비 암살단의 해커가 누군지를 찾으려는 네티즌 수사대가 움직이기 시작했다. 의적 해커 냄비 암살단은 인기 검색어 1위에 올랐고 검은돈의 주인이 누군지를 추측하는 각종 글들이 온라인을 점령했다.

한마디로 대박이었다.

다음 날 아라는 사이버수사대에 연행되었고, 며칠 동안 조사를 받았다. 재판은 순식간에 치러졌고, 아라는 집행유예 1년과 사이버수사대를 도와 악의적인 해커를 찾아내는 사회봉사 명령이 내려졌다. 얼마 후, 아라는 국내 굴지의 보안소프트웨어 개발업체의 스카우트 제의도 받았다.

여름이 끝나갈 무렵, 나는 아라가 하얗게 살이 오르고 건강해진 모습으로 사이버수사대 요원과 걸어가는 것을 보았다.

영일이는 아라와 메일을 주고받는 것 같았다. 어디까지 진도가 나갔냐고 물으면 그런 거 아니라면서도 얼굴이 빨개졌다.

저녁 뉴스는 오늘도 여러 가지 사건 사고들로 요란했다. 상기된 기자들의 높은 목소리와 심각한 표정의 앵커들이 무수한 사건들을 펼쳐 놓았다.

"새로운 뉴스 말고 어제 뉴스는 없나?"

"뭔 소리야?"

엄마는 소파에 누워서 얼굴에 마사지 팩을 붙인 채 오이를 먹고 있었다.

"온 나라가 들썩일 정도로 요란했지만 아직 해결 안 된 사건들이 많잖아. 그 결과를 끝까지 취재해서 보여주는 뉴스 말이야."

"뉴스가 드라마니? 얘는……."

엄마는 그렇게 누운 채로 스르르 잠이 들었다. 내일 아침이면 방금 본 뉴스들도 기억에서 지워질 것이다.

세상은 항상 요동쳤지만 그다지 변하는 것 없이 또 그렇게 흘러갔다. 가끔씩 평화로워 보이는 거리를 걷다 보면 나는 나도 모르게 어딘선가 또 다른 냄비 암살단이 무슨 일을 도모하고 있을지도 모른다는 상상에 빠지곤 했다.

세상을 바꾸는 유일한 방법은 잊지 않고 기억하는 것이다. 끝까지!

_신이걸

# 꿈틀꿈틀 드림 온

삼각함수와 미적분, 관계대명사와 to부정사 이런 것들을 모르면 인격적인 모독이 날아온다. 하지만 내 마음속 깊이 즐거워하는 일, 평생 나를 행복하게 할 일, 진짜 나의 꿈이 무엇인지 모르면 아무도 나무라지 않는다.

고등학교는 대학 입시 학원이고, 대학교는 취업 학원이다. 이 세상이 우리에게 원하는 것은 시키는 대로 말을 잘 듣는 수동형 인간이 되는 것이다.

그렇게 어른이 되어서 정신없이 달리다가 어느 날 문득 깨닫게 되겠지. 나에게도 아주 오래전 어딘가에 버리고 온 꿈이 있었다는 것을. 그러나 그땐 이미 늦다.

_항보

1학기말 고사.

오늘의 시험 과목은 국어, 음악, 미술. 그리고 수학. 그런데 쇼킹한 일이 일어났다. 골 때리는 시험 문제가 출제된 것이다.

국어.

문제 : 지금까지 가장 인상 깊게 읽었던 문학 작품과 그 작품에 대한 감상을 자유롭게 쓰시오. (주관식 서술형)

음악.

문제 : 음악에 대해서 하고 싶은 이야기를 마음껏 쓰시오. 클래식, 대중음악 상관 없음. (주관식 서술형)

미술.

문제 : 미술에 대해서 아는 대로, 하고 싶은 이야기를 마음껏 쓰시오. (주관식 서술형)

수학은 일반적인 시험 문제 형식 그대로였다. 하지만 마지막 한 문제가 국어, 음악, 미술과 같은 형태로 출제되었다.

문제 : 수학을 공부해야만 하는 이유를 쓰시오. (주관식 서술형)

학교가 발칵 뒤집혔다.

시험 범위가 따로 없다는 말에 학생들은 바짝 긴장했었다. 범위를 정해주지 않아 우등생들은 내심 불안감을 느끼며 더 치열하게 공부를 했다. 반면, 대다수의 아이들은 아예 포기를 해버렸다.

이런 엉뚱한 문제가 나올 줄은 아무도 예상치 못했다. 국어 시간이 끝나자 교실 안이 술렁였다.

공부 잘하는 애들은 신경이 바짝 날카로워져서 자기들끼리 의견을 주고받았다. 그 내용은 주로, 내신도 중요한데 이런 식으로 평가하는 게 말이 되는가? 주관식 서술형의 채점이 과연 공정하게 이루어질 것인가? 채점하는 교사 맘대로 점수를 주면 곤란하다! 그런 것들이었다.

보통 아이들은 골 때린다, 재밌다, 나름대로 썼다, 팔이 아팠다, 한 줄 쓰고 나니 더 이상 쓸게 없더라, 등등의 말을 주고받으며 시끄럽게 떠들어댔다.

국어 시험이 끝나고 단연 표정이 돋보였던 건 김예였다. 예는 대여점 알바를 하면서 읽어댄 책과 만화와 영화가 수도 없이 많았다. 그래서 자기가 쓰고 싶은 걸 쓰는데 시간도 모자라고 답안지도 모자랐다며 아쉬워했다.

음악 시험이 끝나자 하두락이 대단히 만족스러운 표정을 지었다. 록의 역사를 장르별로 훑어주고 자신이 좋아하는 록 밴드들을 언급하고, 실제 밴드 생활을 해보았던 경험에 대한 이야기, 그리고 음악이 자기 삶에 얼마나 중요한 것인지를 쓰다가 시간이 모자랐다며 아쉬워했다.

미술 시험이 끝나자 뜻밖에도 홍석구가 은근히 만족스러워했다. 아이들이 물어보자 홍석구는 뭉크에 대해서 썼다고 했다. 뭉크의 절규를 보는 순간, 완전 몰입되어 심장이 멎을 것 같았던 기분, 그 후 뭉크의 작품을 찾아보면서 자연스럽게 접하게 되었던 미술 작품들에 대해서 썼다고 했다.

이 도발적인 시험은 결과도 도발적이었다. 하두락의 음악 필기시험은 만점. 김예의 국어 시험도 만점. 홍석구의 미술 시험도 만점. 반면, 전교 10등 안에 드는 우등생들의 점수는 곤두박질쳤다.

특히 놀라운 건 음악, 미술 실기 점수였다. 그동안 담당 선생님들은 전교 등수 열 손가락 안에 드는 아이들에겐 잘하든 못하든 그냥 점수를 줬었다. 음악, 미술 때문에 내신 성적이 떨어지면 안 된다는 무언의 협조였다. 그러나 이번엔 달랐다. 평소의 성적과 상관없이 그야말로 진짜 실력대로 실기 평가를 했다.

자신이 다룰 수 있는 악기를 연주하라. 노래를 해도 좋다. 자신이 가장 잘 할 수 있는 미술 작품을 만들어라. 이게 음악 · 미술 실기 평가 시험이었다.

특히 발군의 실력을 발휘한 것은 하두락이었다. 그 녀석은 자기 몸뚱이만 한 앰프를 짊어지고 와서 전기기타 연주를 했다. 아이들의 입에서 서태지, 신중현, 부활, 잉베이 맘스틴, 게리 무어, 지미 페이지 따위의 이름이 흘러 나왔다.

반면 피아노나 바이올린을 좀 했다는 범생이들은 공부하느라 접은 지 오래되어 연주 실력이 제대로 나오지 않았다. 노래를 잘하는 아이는 좋은 점수를 받았지만 노래 못하는 아이는 실력대로 점수를 받았다.

보통 아이들은 환호했지만, 기득권을 누리던 상위권 학생들은 분노했다. 부모들이 가만히 있을 리가 없었다. 그들은 학교로 몰려와 항의했다.

전교조 선생이니 뭐니, 빨갱이가 어쩌고 저쩌니, 가난한 애들 손 들어준다고 걔네들이 좋은 대학 가는 것도 아닌데, 왜 우리 아이 발목을 잡느냐는 둥 해당 선생님들을 쥐고 흔들었다.

"당장 재시험 치르게 해주세요. 원래대로!"

"죄송하지만 그럴 순 없습니다."

"우리 아이 내신 때문에 대학 망치면 책임질 거야?"

막말이 나왔다.

"시험문제 출제는 교사의 권한입니다. 어머니."

"야!"

욕이 나왔다.

"저희는 대학 입시 때문에 음악과 미술을 가르치는 게 아닙니다. 진짜 음악, 진짜 미술, 진짜 문학을 가르치고 싶습니다. 아이들도 순수하게 배우고 감상할 권리가 있다고 생각합니다."

선생님들은 학부모를 설득했다.

"말이 안 통하는군."

학부모들은 교장실로 몰려갔다. 난처해진 교장은 해당 선생님들을 설득했다. 그러나 선생님들은 완강했다. 특히 송선미 선생님은 단단히 마음을 먹은 것 같았다.

"저희는 공교육 현장의 교사들입니다. 입시를 돕는 학원 강사가 아니에요."

"여긴 사립학교입니다. 인사권이 교장과 이사회에 있어요. 내말 무슨 뜻인지 아시겠습니까?"

교장은 말을 안 들으면 해고하겠다고 엄포를 놓았지만 국어 선생의 결심은 확고했다. 그녀는 교실에 들어와 이제껏 볼 수 없었던 진지한 태도로 말했다.

"어쩌면 이번 일로 우리 선생님들 몇 분은 학교에서 쫓겨나게 될지도 몰라. 하지만 우리는 이미 각오했어. 재시험은 없어!"

나는 가슴이 뜨거워졌다. 불과 얼마 전까지만 해도 학생들과 눈을 마주치는 것도 무서워하던 선생님이었다. 그러나 지금은 완전히 달라졌다.

"너희들은 꿈이 있니? 경주용 자동차의 엔진처럼 심장 뛰는 일이 있니? 난 여러분이 당장 몇 가지 지식을 머릿속에 우겨넣는 것보다 온몸을 던질 수 있는 자신만의 꿈을 찾길 바래. 당장 그것부터 찾아야 해. 필사적으로!"

'존경하고 지지합니다!'

나는 마음속으로 외쳤다.

우리는 쉬는 시간, 학교 곳곳에서 틈만 나면 한숨을 토하며 이야기를 나누었다.

"꿈? 솔직히 초등학교 때는 꿈이 많았지. 되고 싶은 게 얼마나 많았냐? 매일 바뀌어서 문제였지……."

영일이가 말했다.

"난 돈 많은 집에 태어나는 게 꿈이었다."

예가 한마디 거들었다.

"난 빨리 고등학교 졸업하는 게 꿈이라면 꿈이랄까? 어차피 대학은 못갈 테니까……."

그렇게 말하는 홍석구는 왕따 생활이 지긋지긋했을 것이다. 또 대다수의 아이들이 그랬다.

"이럴 줄 알았으면 실업계나 갈 걸 그랬어. 빨리 취직해서 돈이나 벌게. 우린 졸업하면 뭐하냐?"

아이들이 한숨을 쉬면 그래도 몇 명은 회심의 미소를 지었다.

"난 아빠 회사 물려받으면 돼."

장천재는 여유만만한 표정으로 한마디 했다가 아이들에게 장난스런 몰매를 맞았다.

"나야 뭐, 주먹으로 먹고살 거니까. 나중에 힘든 일 있으면 연락해."

창기는 여전히 조폭이 될 생각이다.

"난 죽으나 사나 음악 한다. 록 포에버, 네버 다이 록큰롤!"

하두락이 기타 치는 흉내를 냈다.

"난 돈을 벌 거야. 엄청난 돈."

예는 여전히 돈타령이다.

"뭘로 돈을 버냐?"

"조앤 K. 롤링처럼."

『해리포터』의 작가인 그녀는 아기를 유모차에 태우고 카페에 가서 글을 썼다. 오래 있어도 눈치를 주지 않는 그곳에서 하루에 대여섯 시간씩 꾸준히 글을 썼다. 예도 대여점과 편의점 알바를 하면서 로맨스 소설을 써서 성공할 수 있을까?

나의 꿈은 무엇일까? 나는 무엇을 위해 살아야 할까?

기껏해야 좋은 대학, 좋은 직장, 높은 연봉, 값비싼 차와 넓은 아파트가 과연 꿈일까? 그걸 이루면 성공한 인생, 그게 안 되면 실패한 인생. 인생이 그렇게 왜소하고 지루

한 것인가? 고작 그게 전부인가? 나를 흥분시키고 나를 쉼 없이 달리게 하는 일, 나를 행복하게 하는 가치를 따라가는 삶, 평생을 반복해도 질리지 않을 나만의 즐거운 일. 그런 게 꿈이 아닐까?

_항보

그즈음, 하두락에게 아주 특별한 일이 하나 생겼다. 방학을 며칠 앞둔 날이었다. 학교로 변호사라는 사람이 두락이를 찾아왔다. 말끔한 실크 정장에 금테 안경을 쓰고 서류 가방을 든 삼십 대 중반의 남자였다.

두락이는 어리둥절했다.

"변호사님이 왜 저를?"

"하성태라고 알지?"

"성태 형이요?"

하성태는 두락이에게 기타를 가르쳐준 선배였다. 중학교 때 교회에서 처음 만난 하성태는 이미 열일곱 살의 어린 나이로 홍대씬에서 먹어주는 실력파 기타리스트였다.

"너 이름 졸라 삘 받는다."

하성태는 두락이의 이름에 뻑이 가서 무조건 기타를 가르쳐주겠다고 했다. 두락이는 얼떨결에 기타를 배우게 됐는데 그 때의 전율을 지금도 잊지 못한다고 했다.

"마치 전기에 감전된 것 같았어. 세상이 하얗게 변하고 나와 소리만 남는 거야. 정말 황홀했어."

두락이는 하성태에게 기타를 배우고, 락을 배우고, 밴드활동도 했다. 성태는 두락이를 천재라고 했다. 불과 삼 개월 만에 고교 록밴드가 소화할 수 있는 기본 레퍼토리를 다 소화해냈고, 속주의 테크닉에 빠져들기 시작했다.

하지만 두락이는 아버지의 반대로 밴드를 접었다. 아버지가 기타를 부쉈다. 그러고 록밴드는 악마의 음악이라며 절대 못하게 했다.

두락이는 독서실에 간다며 하성태의 밴드 연습실에서 연주했다. 배고픈 줄도 모르고, 졸린 줄도 모르고 그렇게 록음악에 취해갔다.

하지만 또다시 기타가 부서지고, 뺨을 맞고, 결정적으로 아빠의 하소연에 넘어가고 말았다.

"제발 공무원이 돼다오. 이 지긋지긋한 가난. 못 먹고 못 입은 한, 너라도 풀어다오. 네 엄마…… 호강 좀 시켜다오. 큰 거 바라는 거 아니다. 공무원 월급으로 해줄 수 있는 거 그것만 좀 해다오. 애비가 못 배우고 못나서…… 네 어미 고생만 시켰다."

두락이는 아빠의 갈라 터진 손바닥과 공사판에서 시커멓게 변해버린 검은 가죽 같은 피부를 보며 결국 마음을 굳혔다.

까짓 거, 공무원 돼준다. 월급 꼬박꼬박 받아다 엄마 맨날 갈비 사드린다. 효도 관광 보내드린다. 월세 걱정 안 하게 해드린다.

그래서 하성태와는 눈물을 머금고 결별했다. 그때 하성태는 두락이에게 의미심장하게 말했다.

"엄마 소고기 사드리면서 넌 속으로 울게 될 거야. 왜냐고? 넌 뼛속부터 핏줄까지 록 기타리스트니까."

두락이는 성태의 말을 듣는 순간 피크 하나가 두개골에 꽂히는 것 같았다고 했다. 그런데 느닷없이 변호사가 찾아와 성태 얘기를 꺼낸 것이다.

"무슨 일인데요?"

"하성태가 너에게 유산을 남겼다."

"네?!"

하두락은 턱이 발등에 닿을 듯 입이 딱 벌어졌다. 이게 무슨 소리인가? 유산이라니?

"미국에서 총에 맞았다."

"네?!"

하성태가 미국에서 흑인 권총 강도의 총에 맞아 즉사했다는 것이다. 사연인즉슨, 하성태는 록밴드 '활산'의 리더이자 인디씬의 록 레이블을 주로 내는 음반 기획사 사장으로 미국에 프로듀싱을 하러 갔다가 한인 타운 친구의 슈퍼마켓에서 불의의 사고를 당했다는 것이다.

"그런데 사고가 날 줄 미리 알았던 것도 아닐 텐데 어떻게 유산 상속을 저한테요?"

"사고는 사고였고, 하성태는 당시 이미 폐암 말기 상태였어. 그래서 마지막 인생을 정리하는 중이었지. 유언장은 미리 작성된 것이었다. 자신이 암으로 죽는다고 생각했지, 권총 강도의 손에 죽을 줄은 몰랐던 거지."

인생은 참 아이러니하다. 이제 겨우 스물둘의 나이에 폐암이라니. 그것도 모자라 권총에 맞아 죽다니. 그것도 심장 벌렁벌렁 뛰고 두근거리는 음반 작업을 하러 갔다가.

"유산은 하성태의 회사야. 자산이 약 15억 원이다."

"15억 원요?"

하두락이 놀란 것도 당연하다. 공무원 월급을 평생 착실하게 모아도 만져볼 수 있을까 말까한 액수였다.

"그런데 문제는 그 자산 안에는 부채가 15억 원이 넘는다는 거야."

"네?"

"그러니까 네가 상속을 받으면 실제로 빚이 약 7천만 원에서 8천만 원 정도가 된다는 거지."

"!"

호기심과 부러움으로 몰려들었던 아이들이 그러면 그렇지,

하는 표정으로 배꼽을 잡고 웃었다. 안타까워하며 책상을 치는 아이도 있었고, 재미있다며 구경하는 아이도 있었다.

"하성태라는 형, 웃기는 사람이네? 그런 엄청난 빚을 왜 너한테 상속해? 그런 상속은 안 받으면 돼. 상속을 포기하면 되는 거야."

김예가 시니컬하게 꼬집었다.

하두락의 얼굴에 짙은 그늘이 졌다.

"에이, 하두락 좋다 말았네."

아이들이 혀를 차며 흩어졌다.

기말고사 재시험 문제로 교장과 밀고 당기는 기 싸움을 하던 송선미 선생님과 음악, 미술 선생님이 교장에게 욕설과 뺨을 맞았다는 소문이 들려올 무렵이었다.

"이걸아, 나랑 어디 좀 같이 갈래?"

두락이가 며칠 사이에 볼이 홀쭉해진 얼굴로 내게 말했다.

"어디?"

"가보면 알아."

예전의 나였으면 꿈도 못 꿀 일이었지만 나는 통조림 뚜껑을 연지 오래였다. 좀 더 많고 다양한 경험을 하고 싶었고 나 말고 다른 친구들의 삶도 들여다보고 싶었다.

"얼마든지!"

두락이는 나를 홍대 근처 뒷골목의 어느 작은 건물로 데려갔다. 건물 입구에 〈록밴드 활산 & 메틀 기획〉이라는 간판이 붙어 있었다.

지하는 하성태의 밴드 연습실과 녹음실이 있었다. 2층엔 수작업으로 이루어지는 CD 복사 기계들과, 기획과 유통 그리고 홍보 일을 담당하는 사무실 공간이 있었다.

회사를 둘러본 두락이는 연습실로 다시 내려갔다. 연습실엔 다른 멤버들이 무표정한 얼굴로 연습을 하고 있었다. 리더를 잃은 슬픔 때문이었을까? 연주는 자꾸 삐끗삐끗 어긋났다.

두락이가 기타를 잡았다. 그리고 슬며시 연주에 끼어들었다. 나는 전문 연주자가 아니지만 두락이가 보통 솜씨가 아니라는 것은 알 수 있었다. 멤버들도 이것 봐라? 하는 표정으로 두락이를 쳐다보았다. 몇 번 멈추었다가, 다시 가기를 반복했다. 나는 드럼의 비트가 쿵쿵 심장을 치는 소리를 들었다. 두락이가 그렇게 진지하게 연주하는 건 처음 보았다. 학교에서 보던, 공부 못하고 그냥 평범하던 두락이가 아니었다. 그동안 겉멋으로만 문신을 하고 다닌 게 아니었구나 싶었다. 교문에서 매일 두락이를 잡아 세우던 학생주임이 지금 두락이의 모습을 보았다면 뭐라고 할까 궁금했다.

연주는 폭풍처럼 몰아쳤다가 이슬비처럼 부드러웠다가 날카롭게 허공을 찢으며 달리기도 했다.

"제법인데?"

멤버 중의 하나가 두락이의 어깨를 치며 웃었다.

"친구랑 잠깐 있어도 되죠?"

멤버들을 내보내고 두락이가 의자에 앉았다. 나는 두락이가 자기와 가장 잘 어울리는 자리에 앉아 있다는 생각이 들었다.

"옛날에 성태 형하고 약속한 게 있었어."

"무슨 약속?"

"한국 록으로 영국과 미국을 점령하자! 그걸 우리가 하자. 백두산, 시나위, 부활, 송골매, 산울림, 넥스트가 못 했던 것. 우리 활산이 하자. 근데 예레미라는 밴드가 그걸 하기 시작했어."

"음…… 그런데?"

"그때 내가 그랬지. 성태 형은 할 수 있을 거야. 그랬더니 나보고 진짜 그렇게 믿느냐고 묻더라. 믿어요. 그랬지. 정말 믿냐? 다시 묻더라. 믿어요. 정말? 믿는다니까요. 듣기 좋으라고 하는 소리가 아니라 정말 믿냐? 믿는다니까요! 난 벌컥 소리쳤지. 그러니까 믿는다는 게 뭔지 아냐고 또 묻는 거야. 알아요. 알아? 네! 정말? 안다구요!"

두락이는 지난 일을 이야기하며 점점 감정이 복받쳐 오르고 있었다.

"지금 성태 형은 내게 다시 묻고 있는 거야."

"뭘?"

"아직도 믿고 있냐고."

"!"

"성태 형이 하려던 새 음반 작업 내가 이어서 계속하다가 실패하면…… 빚더미를 껴안고 인생 좆 되겠지. 그래도 하겠냐고 지금 나한테 물어보고 있는 거야."

"그래서 받겠다고?"

"어떻게 안 받아? 이 밴드와 기획사, 성태 형의 꿈은 그냥 공중분해 되는데…… 그게 믿는 거냐?"

"하지만……."

"나 목숨을 걸고서라도 해보고 싶어. 이게 내가 제일 하고 싶고, 잘할 수 있는 일이야."

"부모님하고의 약속은?"

"미래의 어느 날, 공무원으로 살아가다가 아, 이게 뭐지? 하고 눈물 질질 짜다가 오빠 밴드, 직장인 밴드나 하고 싶진 않아."

하두락이 기타를 꽉 끌어안았다. 두락이의 심장이 기타 줄을 울리고 있는 것 같았다.

두락이는 자퇴를 하고 하성태의 밴드와 회사를 물려받기로 했다. 며칠 후 두락이는 기타를 등에 메고 양팔에 가방 몇 개를 더 들고 나를 찾아왔다. 부모님과 한바탕하고 성태 형의 회사로 이사 가는 중이라고 했다.

"내 안에서 뭔가 꿈틀거려. 꿈틀꿈틀! 미치겠어. 전에는 못 느끼던 이상한 기분이야. 그런데 느낌이 좋아서 날아갈 것 같아."

얼마 지나지 않아 송선미 선생님이 학교를 떠났다. 지방에 있는 대안 학교로 간다고 했다. 산 좋고 물 좋은 시골인데 학교 뒷산의 대나무 숲이 정말 예쁘다고 했다. 무엇보다 하고 싶은 수업을 마음껏 할 수 있게 돼 무척 기쁘다고 했다. 월급은 훨씬 적어져서 찾아와도 비싼 건 못 사준다고 하면서도 내내 즐거워 보였다.

미술 선생님은 어느 지방대의 강사로 간다고 했다. 대학 강사라 월급은 쥐꼬리만 하지만 원하는 작품 활동을 할 수 있게 되어 좋다고 했다.

음악 선생님과 수학 선생님은 학교의 요구를 받아들여 재시험을 치르고 학교에 남았다.

항보의 꿈은 무엇이었을까? 냄비 암살단? 철학자? 사랑하는 여자와 행복하게 사는 평범한 남자? 항보는 자기 자신을 산다고 했다. 항보의 자기 자신은 무엇일까? 나는 무엇이 되고 싶은 걸까?

꿈은 몇 개의 가면을 쓰고 있다. 쉽게 자신을 보여주지 않는다. 만나주지도 않는다. 꿈의 거처는 가시철조망 너머다. 항상 대가를 요구한다. 그러나 한번 잡으면 내 가슴에 엔진을 달아준다. 온몸을 뒤흔들며 가슴 뛰게 한다. 질주하게 한다.

_신이걸

## 아포리아

사자에게 목덜미를 물린 영양이 눈물을 흘리며 말했다. "우리 서로 평화롭게 지내자. 폭력은 서로를 파괴할 뿐이야." 그 말이 끝나자마자 사자는 영양의 목덜미를 물어뜯고 혀부터 씹어 먹었다. 어째서 영양은 자기 머리의 뿔로 사자의 눈이라도 찌르지 않았을까?

_항보

여름방학이 시작되었다. 내 성적은 곤두박질쳤고 엄마의 혈압은 수직 상승했다. 난 이른 새벽부터 집을 나섰다.

거리엔 비둘기 떼가 뒤뚱거리며 바닥에 떨어진 먹이를 찾아다니고 있었다. 그중엔 무리에서 떨어져 나와 보기만 해도 역겨운 토사물을 쪼아 먹고 있는 비둘기도 있었다.

"동물병원에 데려 갈까?"

중학교 3학년 때였다. 항보는 내게 발을 다친 비둘기를 동물병원에 데려 가자고 했다.

"개나 고양이도 아니고 비둘기를?"

"왜 그럼 안 돼?"

"특별할 것도 없는 그냥 비둘기잖아. 누가 비둘기를 동물병원에 데려 가냐?"

"같은 종족한테 까이고, 사람한테 까이고, 그럼 이 비둘기는 그냥 뒈지란 거냐?"

"그렇지만……."

"우리가 치료해주면 그때부턴 특별한 비둘기가 될 거야. 안 그래?"

항보는 발을 다친 비둘기를 품에 안고 동물병원으로 향했다. 항보는 착한 소년이었다. 가끔씩 해주는 꿈 얘기는 정말 동화 같았다.

아프리카인지 중동인지 장소는 정확하지 않는데 어쨌든 사막이라고 했다. 탱크가 마을을 향해 진격하고 있는데 한 소녀가 튀어나와 길을 막고 섰다. 맨발의 소녀는 작은 손에 장미꽃 한 송이를 들고 있다. 소녀가 꽃을 내밀며 배시시 웃는다. 그러나 육중한 탱크의 포신은 서서히 움직여 소녀를 겨눈다.

쾅—

탱크의 포신에서 꽃들이 터져 나온다. 포탄 대신 꽃향기가 진동한다.

"정말 예쁘지 않냐?"

내 눈엔 세계 평화를 위해 그런 꿈을 꾸는 항보가 더 예뻐 보였다.

항보는 눈물도 많았다. 한번은 어둑한 골목길에 혼자 우두커니 서 있는 것을 보았다. 뭘 보나 했더니 폐지 줍는 할머니였다. 항보는 우울한 얼굴로 할머니를 뚫어지게 바라보며 중얼거렸다.

"잔인해."

"뭐가?"

"할머니한테도 죽을 때까지 일하라고 하는 거잖아……. 일하지 않으면 굶어 죽으라는 거잖아. 너무 잔인해……. 이건 폭력이야."

"불쌍하긴 하지만 이젠 너무 익숙한 풍경이어서 아무런 느낌이 없다. 난."

"너처럼 이런 걸 당연하다고 생각하는 사람들의 무심한 눈길도 저 할머니에겐 폭력이야."

그리고 언제부턴가 항보의 입에서 말콤X니, 레닌이니, 체

게바라니 하는 이름들이 나오기 시작했다. 눈에 보이는 폭력만 폭력이 아니라 사실은 눈에 보이지 않는 폭력이 더 무서운 거라는 등 어려운 말을 자꾸만 했다.

“간디의 비폭력주의는 비굴한 거야. 불의한 폭력은 폭력으로 응징해야만 해.”

솔직히 말하자면 그때 나는 항보의 말을 다 이해하지 못했다. 항보는 엄청난 독서량을 자랑하는 말발 좋은 학생이었다.

“모든 테러는 약자의 비명이야. 테러를 폭력이라고 몰아붙인다면 그것이야말로 무자비한 폭력이지. 테러를 낳은 근본적인 폭력부터 비판해야 돼.”

“그럼 넌 테러리스트가 무죄라는 거야?”

“당연하지.”

“폭력은 폭력이잖아.”

“그럼 넌 안중근 의사가 테러리스트라는 거냐?”

항보는 세상에서 제일 바보 같은 인간이 간디나 예수라고 했다. 밟으면 꿈틀하는 게 생명의 원리인데 불의한 폭력을 당하면서도 사랑을 운운하며 물러서는 건 비겁한 변명이라고 했다. 더구나 그런 태도를 자기 혼자 견지하는 게 아니라 타인에게 강요하는 건 늪에 빠진 인간이 다른 사람을 잡아당기는 것처럼 야비한 짓이라고 했다.

레닌이나 체 게바라, 말콤X처럼 불의한 폭력에는 폭력으로 저항하는 것이야말로 위대한 인간의 정신이라고 했다.

그런 얘기가 오고가던 중 나는 스스로 통조림 깡통에 나를 유배시켰고 항보와는 멀어졌다.

불의에 무릎 꿇느니 차라리 서서 죽겠다는 어느 평론가의 말에 감명받다.

정당한 무력은 폭력이 아니다. 폭력엔 무력으로 저항하라.

그런데 며칠 전 항보의 블로그에서 뜻밖의 이름을 발견했다.

고릴라는 비겁하다. 굴종은 또 다른 형태의 폭력이다.

고릴라는 말했다. 똥이 무서워서 피하는 게 아니라 더러워서 피한다고. 변명일 뿐이다.

계란으로 바위치기라는 말은 낙숫물이 바위를 뚫는다는 말로 격파해야 한다.

고릴라!

고릴라는 우리 학원버스 기사 형이다. 팔다리가 길고 몸에 털이 많아서 붙여준 별명이다. 고릴라는 학원버스 기사인 주제에 자기가 선생인 줄 안다. 우리가 까다로운 시험문제를 놓고 서로 옥신각신하고 있을 때면 슬쩍 끼어들어 문제 풀이를 해주기도 하고, 애들이 욕을 하면 불같이 화를 내며 훈계를 했다. 아프다는 핑계로 결석을 하면 집까지 쫓아가서 잡아오기도 했다. 항상 뭔가 가르치려드는 말투도 꼭 선생 같았다. 차 안에는 항상 어려운 철학이나 인문학 서적들이 놓여 있었고 음악도 클래식만 들었다.

실은 조폭 출신이라는 소문도 있었다. 어깨에 문신을 봤다는 애도 있었다. 전과 3범이라는 말도 있었다. 그뿐만 아니라 고릴라가 전직 교사라는 소문도 있었다. 학교 재단 비리를 폭로하다 잘렸는데 놀랍게도 그게 우리 학교였다는 것이다. 나는 그 소문이 제일 그럴 듯하다는 생각이 들었다. 무엇보다 항보가 왜 고릴라를 언급했는지 그게 궁금했다.

나는 고릴라 형을 만나러 모처럼 학원에 갔다. 원장은 나를 무척 반가워했다. 난 고릴라 형부터 찾았다. 그새 학원을 그만두었다고 했다. 따져보니 항보의 자살 직후였다. 나는 원장에게 주소를 물어 고릴라 형의 집을 직접 찾아갔다.

어느 상가 건물의 옥탑방이었다. 문을 두들기자 고릴라가 러닝셔츠 차림으로 문을 열어주었다. 면도를 하지 않아 뺨까지 털이 뒤덮여 진짜 고릴라 같았다. 입에서는 술 냄새가 확 풍겼다.

나는 고릴라 형에게 항보를 어떻게 아는지, 항보가 죽기 전에 무슨 일이 있었는지를 물었다. 고릴라 형은 라면이나 먹고 가라고 했다. 내가 항보의 블로그 얘기를 하며 계속 묻자 한참 뜸을 들이다가 겨우 입을 열었다.

"학교와 한판 붙을 생각인데 같이 싸울 생각이 없냐고 하더라."

작년 겨울, 항보가 고릴라를 찾아왔다. 학교 재단 비리를 더 이상은 두고 볼 수 없다며 같이 싸우자고 했다. 순간 고릴라는 가슴이 철렁했다.

학교 재단 비리는 누구보다 고릴라가 잘 알고 있었다. 학생을 상대로 교육이 아니라 장사를 하는 재단 이사장에 대한 분노와, 그것을 알면서도 학교에서 쫓겨나지 않으려고 모른 척 해야만 했던 수치심, 그리고 학생들에 대한 죄책감 때문에 아주 오래전 고릴라는 양심선언을 했다. 그게 벌써 6년 전의 일이었다.

그러나 고릴라에게 돌아온 것은 파면 통보였다. 고릴라는 복직을 위해 싸웠고 마침내 소청심사위원회의 징계 취소 결정을 받았다. 일 년 만에 복직을 했지만 학교는 온갖 핑계를 만들어 고릴라에게 재징계를 내렸다. 복직한 지 고작 일주일 만이었다. 고릴라는 교문 앞에서 피켓을 들고 일인 시위를 했다. 그러나 또다시 파면 통보.

그런 뼈아픈 과정을 이미 겪었던 고릴라는 학교와 싸우겠다는 항보의 말을 듣는 순간 가슴이 철렁했다. 뜨겁게 달군 쇠꼬챙이가 몸을 관통하고 지나가는 듯한 아픔이 스쳐 지나갔다. 고릴라는 항보가 감당할 수 없는 일을 무모하게 벌이려 한다고 생각했다.

고릴라는 항보를 말렸다. 온 힘을 다해 설득을 했다. 그러나 항보는 고릴라를 불의에 무릎 꿇은 비겁한 겁쟁이라고 몰아붙였다.

"막말로 까짓 학교 체육복 몇천 원 더 주고 사 입으면 좀 어때?"

"저는 그런 생각이 제일 무섭고 화나는 거예요. 나만 참으면 된다. 내가 나서서 항의해봤자 나만 손해다. 모두가 다 그런 생각으로 살아가면 앞으로 이 세상이 어떻게 되겠어요? 대통령이 나라를 팔아먹어도, 그 친인척이 비리를 저질러도, 기업이 세금을 빼돌려도, 제 맘대로 직원을 해고해도, 경찰을 시켜 사람을 패 죽여도, 내 일이 아니니까 나한테 직접적인 피해 없으니까 나만 참으면 된다고 생각하게 되겠죠. 돈 얼마를 손해 보는 것도 못마땅하지만 제가 정말 화나는 건, 학교가 그런 식으로 우리를 권력의 횡포에도 비굴하게 납작 엎드리는 이기적이고 치졸한 인간으로 만들고 있다는 거예요."

항보는 결국 혼자서라도 싸우겠다며 돌아갔다.

“그때 항보에게 차마 하지 못한 말이 있었다.”

고릴라가 벽에 등을 붙인 채 말했다.

“뭔데요?”

“혼자 일인 시위를 하고 있던 어느 날 밤이었다. 밤늦게 귀가하는데 대문 앞에 시커먼 그림자 몇이 서성이고 있었다. 가까이 가보니 건달들이었다. 두 놈이 양쪽에서 내 팔을 붙잡더니 한 놈이 내 귀에 대고 그러는 거야. 사모님이 참 예쁘시던데요? 간수 잘 하세요!”

“!”

“솔직히 무서웠다. 더 이상 싸우는 게 겁이 났다. 학교로 돌아갈 마음이 나질 않았다. 돌아간다 해도 버틸 자신이 없었다.”

고릴라는 다른 학교를 알아보았지만 받아주는 곳이 없었다. 양심선언 교사라는 낙인이 찍힌 탓이었다. 결국 고민 끝에 선택한 것이 학원버스 기사였다.

“어쨌거나 애들 근처에 있어야 한다고 생각했다. 학원버스를 강의실 삼아서 학교나 학원에서는 가르칠 수 없는 진짜 중요한 것들을 가르쳐야 한다고 생각했다. 너희들이 커서 사회의 주역이 되었을 때 더럽고 추악한 짓을 하지 않는 인간이 되도록 미리부터 좋은 싹을 키운다는 마음으로 말이다. 난 지금 당장의 싸움도 중요하지만 미래를 위해 차근차근 힘을 키우는 것이 더 중요하다고 생각했던 거지."

그런 고릴라의 눈에 항보는 불을 보고 뛰어드는 나방같이 위태로워 보였다. 무슨 일이 있어도 항보가 다치는 것을 막아야 한다고 생각했다.

항보는 교장실로 찾아가 머리를 꼿꼿이 세우고 항의했다. 학교의 재단 비리를 일일이 말하고 싶지는 않다. 그건 선생님도 알고 나도 알고 다 아는 일이다. 자신이 말하고 싶은 것은 비리를 보고도 눈을 감고 자기 이익에 눈이 멀어 진실을 외면하는 비굴한 인간을 만드는 것이 학교의 교육 목표는 아니지 않느냐고 따져 물었다.

"곽항보, 네가 대학생이냐? 넌 고등학생이야. 그렇게 비판적이고 부정적인 생각만 하다가 나중에 뭐가 되려고 그래? 쯧쯧……."

교장은 항보를 부정적인 아이라고 낙인찍고 비아냥거렸다. 정당한 비판을 부정적인 시각이라고 매도하는 교장에게 화가 난 항보는 재단 비리를 인터넷에 올렸다. 교장이 급식비를 빼돌려 부당 이익을 취해 온 것이 벌써 십 년도 넘는다는 사실을 폭로했다.

그러자 학교는 툭하면 소지품 검사를 실시해서 아이들을 괴롭히기 시작했다. 휴대폰 소지도 금지시켰다. 명목상으로는 수업에 방해되는 물품의 반입 금지였지만 진짜 목적은 학교에서 일어나는 일들을 외부로 폭로하지 못하도록 한 조치가 분명했다.

항보는 지역 국회의원 사무실을 찾아갔다. 디지털 도서관을 만든다면서 학부형들에게 기부금을 받은 사실과 부실한 급식과 체육복 강매 등 학교의 실태에 대해서 상세히 고발했다. 철저히 조사해서 조치를 취하겠다던 약속과는 달리 국회의원은 아무런 일도 하지 않았다.

항보는 학생들에게 서명을 받으려고 했다. 그러나 학교는 정치적 행동을 하는 학생, 학교에 불평불만을 품고 나쁜 소문을 퍼뜨리는 학생은 그에 상당한 징계와 불이익을 당할 거라며 위협했다. 항보의 서명 운동은 불발로 끝났다.

학생들은 학교가 급식비로 수십억 원을 챙겼다고 욕을 하면서 부실한 급식을 보충하기 위해 매점을 드나들었다. 매점 주인이 이사장 딸이라는 사실을 욕 하면서도 매점에서 꼬박꼬박 몇천 원이 더 비싼 체육복을 샀다. 밖에서 산 체육복은 체육복 착용으로 인정을 하지 않고 벌점을 주었기 때문이었다.

그런 와중에 항보에게 잘난 척한다며 나대지 말라고 눈총을 주는 아이도 생겼다.

"너 때문에 학교에 감시 카메라까지 생겼어."

"정말 짜증나."

"적당히 좀 해라……. 2년만 참으면 졸업이잖아. 대학 안 갈 거냐?"

고릴라의 얘기를 들으며 나는 정신이 아득해졌다. 항보가 서명지를 돌리던 날이 기억났다. 난 항보가 무슨 일을 하는지 몰랐다. 알아볼 생각도 하지 않았다. 그때 항보는 나에게 얼마나 화가 났을까?

항보는 신문사 기자에게 메일을 보냈다. 학교 재단 비리를 기사로 써달라는 부탁이었다. 다섯 군데나 메일을 보냈지만 답이 온 것은 딱 한 곳이었다. 그보다 더 심각한 재단 비리도 이젠 기삿 거리가 되지 않는다는 것이었다. 항보는 작은 비리는 비리가 아니냐고 따졌다. 그러자 공부 열심히 해서 기자가 되라는 조언을 끝으로 더 이상 답은 없었다.

항보에게 교묘한 압력이 가해지기 시작했다. 각종 실기 평가 점수는 낙제 수준의 점수가 주어졌다. 툭하면 벌점이 날아왔다. 성적표에는 반항적이고 부정적인 성격이라는 문장이 박혔다.

"네가 그렇게 잘났냐? 공부나 열심히 해. 그래 갖고 서울권 대학에 가겠어?"

"어이, 민주투사! 튀어나온 못이 망치를 맞는 법이야."

"세상에 너만 똑똑하고 너만 깨끗한 줄 알지? 인생이 그런

게 아냐, 인마."

지나가며 한마디씩 툭툭 던지는 선생의 말도 항보의 가슴을 아프게 찔렀다.

고릴라는 항보에게 이제 그만하라고 말렸다. 그러나 항보는 고릴라에게 말했다.

"조폭들은 차라리 귀여워요. 순진하게 드러나는 폭력을 쓰니까. 하지만 정말 무서운 건 눈에 보이지 않는 폭력을 쓰는 놈들이에요. 그들은 선량한 사람들을 좌절하게 만들고, 세상에 대한 희망을 잃게 만들고 불의에 무릎 꿇게 만들어요. 전 이게 제일 무섭고 지독한 폭력이라고 생각해요. 지금 학교가 그런 폭력으로 우리를 길들이고 있어요."

그럴 때마다 고릴라는 대학생이 될 때까지만 참으라고 했다. 공부 열심히 해서 좋은 대학을 가고 이 사회의 높은 자리에 올라가 세상을 바꾸라고 충고했다. 그러나 항보는 고개를 저었다.

"지금 싸우지 못하면 나중에도 못 싸울 거예요. 싸운다는 건 항상 외롭고 지치고 두려운 거니까."

항보는 밤을 틈타 학교 담장을 넘었다. 교장실과 교무실을 샅샅이 뒤져 재단 비리와 관련된 증거물을 찾았다. 그리고 자그마치 60억 원 이상의 돈을 빼돌린 물증이 될 만한 회계 장부를 찾아냈다. 또한 교사 임용 때 거액의 돈을 받고 이를 발설하지 않기로 쓴 각서도 찾아냈다.

그때였다.

수위 아저씨와 숙직 선생님이 랜턴을 들고 교장실로 들이닥쳤다. 항보는 경비를 밀치고 뛰었다. 숙직 교사가 팔을 낚아챘다. 항보는 그 손도 뿌리치고 달아났다.

다음 날 이른 새벽 항보의 집으로 경찰이 찾아왔다. 숙직 교사가 항보에게 폭행을 당해 전치 4주의 부상을 입은 채 병원에 입원하여 치료 중이라고 했다. 항보는 단박에 거짓말이라는 것을 알아챘다. 뿌리치기만 했을 뿐 조금도 다칠 만한 상황이 아니었다.

항보는 경찰서 유치장에 갇혔다. 상해를 입었다는 교사는 인근 병원에 입원해 있었다. 고릴라는 그 교사가 병원 앞 흡연 장소에서 줄담배를 피우고 있는 모습을 멀리서 지켜보았다. 말하지 않아도 그 심정을 알 것 같았다. 저녁이 되자 행정실장이 유치장으로 항보를 찾아왔다.

"너 하나 때문에 아주 죽겠다. 도대체 왜 그러냐? 일단 가져간 장부만 내놔. 그럼 훈방 조치해주마."

"싫은데요."

"퇴학당할래?"

"그러죠."

창밖에 때 이른 흰 눈발이 날리고 있었다. 눈은 땅에 닿자마자 스르르 녹아버렸다. 어느새 좀 쌓이는가 싶으면 제설차가 걷어냈다. 또 쌓이는가 싶으면 어느새 자동차 바퀴와 사람들의 발자국에 더럽혀졌다.

항보는 절망했다. 학교가 이 정도면 다른 곳은 얼마나 더 할까? 이 세상이 더러운 사슬로 연결되어 있는 것만 같았다. 그 고리는 너무 단단해서 혼자 힘으로는 도저히 깰 수 없을 것만 같았다. 항보는 유치장에서 앓아누웠다. 온몸에 열이 펄펄 끓었다.

항보의 어머니가 파출소로 찾아왔다. 그런데 항보를 바라보는 어머니의 태도는 보통 어머니들과 달라도 너무 달랐다. 너무 싸늘해서 마치 남의 아들을 보러 온 사람 같았다.

항보 어머니는 유치장 안의 항보를 물끄러미 바라보며 우두커니 서 있었고, 항보는 벽에 등을 붙인 채 허공만 뚫어지게 응시하고 있었다.

"네가 벌인 일이니 책임도 네가 져야지."

"……."

"어떻게 도와줄까?"

"필요 없어요."

"알았다."

항보 어머니는 아무 말도 하지 않았다. 항보도 아무 말이 없었다.

고릴라의 말에 의하면 항보 어머니는 그때 항보에게 꼭 해야 될 말을 하지 않았다.

항보 어머니가 운영하는 커피 전문점의 건물주가 갑자기 가게를 빼달라고 요구했는데 그러면 최근에 새로 단장한 인테리어 비용 2억 원을 고스란히 날리게 될 터였다. 항보 어머니가 부당함을 말하자 건물주가 항보가 훔친 문건을 받고 싶다고 얘기를 꺼냈다는 것이다.

"왜 얘기 안 하셨어요?"

고릴라가 안타까워하면서 묻자 항보 어머니는 단호하게 대답했다.

"그 싸움은 항보가 아니라 내 몫이에요."

그 말을 듣는 순간 나는 영안실에서 보았던 항보 어머니의 얼굴이 떠올랐다. 항보의 기질은 어머니에게서 물려받은 것 같았다.

"그래서 항보는 어떻게 되었죠?"

내 질문에 고릴라는 머리카락을 쓸어 넘기더니 소주병을 나발 불었다. 그리고 퀭한 눈으로 창밖의 구름을 멍하니 바라보았다.

"며칠 후 항보의 집에 도둑이 들었다. 온 집 안을 까뒤집어 난장판을 만들어놓았지만 사라진 건 항보가 학교에서 훔쳐낸

회계장부뿐이었다. 항보는 다음 날 훈방 조치되어 나왔고.”

찌는 듯한 더위가 이어졌다. 폭염으로 목숨을 잃은 사람들까지 생겨났다. 그즈음 나는 항보의 블로그에서 제법 멋진 말을 발견했다. 아포리아(Aporia), 막힌 출구라는 뜻이다. 항보가 고민했던 문제야 말로 막힌 출구가 아닐까? 과거에도 지금도 또 미래에도 어디선가 비슷한 모양으로 계속될 무한 순환의 고리.

무더위가 한풀 꺾일 무렵, 고릴라가 학원으로 돌아왔다. 그런데 몰고 다니던 흰색 버스가 검은색으로 변해 있었다. 자세히 보니 운전석 아래쪽에 성난 고릴라 얼굴이 그려져 있었다. 검은색 바탕의 한쪽 구석에는 고릴라의 두 주먹도 그려져 있었다. 그러니까 한마디로 고릴라 버스였다.

“유치해요.”

내가 피식 웃자 고릴라가 말했다.

“고릴라가 왜 항상 자기 가슴을 치며 우우우우 하는 줄 아냐?”

“?”

“볼 건 다 보면서 겁이 나서 말을 하지 못하기 때문이야. 그래서 답답한 자기 가슴을 마구 때리는 거야.”

“아…….”

“내 별명이 고릴라인 건 털이 많고 팔이 길어서가 아냐. 불의를 보고도 아무 말 못하고 자기 가슴만 치고 있기 때문이지.”

“!”

“전에 항보가 그랬지. 계란으로 바위 치기라는 말 따윈 낙숫물이 바위를 뚫는다는 말로 부숴버려야 한다고. 그 말을 다시 한 번 믿어보기로 했다.”

“어쩌려구요?”

“내일부터 다시 싸울 거다.”

“될까요?”

“된다는 보장이 있으면 그게 무슨 싸움이냐. 그냥 절차지.”

“그러네요.”

“아무튼 내 가슴만 치고 있진 않을 거다. 바보 고릴라처럼.”

“파이팅 해드릴까요?”

“됐어 인마.”

고릴라 형이나 항보는 낙숫물 한 방울에 불과할지도 모른다. 고작 두 방울 갖고는 우리가 원하는 바위 뚫기에 실패할지도 모른다. 하지만 항보나 고릴라 형처럼 낙숫물이 한 방울 두 방울 모여 수천 방울이 된다면 그땐 사정이 달라지지 않을까?

거리엔 여전히 발을 다친 비둘기가 뒤뚱거리고, 사람들은 아무 일도 없다는 듯 각자의 발길을 재촉한다. 이 거리 어딘가에 비둘기를 안고 활짝 웃고 있는 항보가 서 있을 것만 같았다. 그러나 주위를 둘러보면 거리엔 고릴라들만 걸어 다녔다. 가슴을 탕탕 치고 우우우우 하면서. 나도 할 말이 있지만 못해! 하면서. 하지만 나는 또 상상한다. 고릴라들이 모두 걸음을 멈추고 일제히 고릴라 탈을 벗으며 사람으로 변하는 모습을. 항보가 탱크에서 쏜 포탄이 꽃이 되고 그 꽃향기가 사방에 가득히 채워지는 꿈을 꾸었듯이.

'각자가 채워 넣어야 할 이름의 Cafe'

항보 어머니가 가게를 옮겨 새로 차린 커피 전문점 이름이다. 아주 작고 예쁜 가게였다. 유리창 너머로 항보 어머니의 모습이 보였다.

커피 머신에서 에스프레소를 추출하고 있는 항보 어머니의 얼굴엔 표정이 없었다. 에스프레소는 압력과 뜨거운 증기로 뽑아내는 것이라고 한다. 아들을 잃은 항보 어머니의 무표정을 이해할 수 없었던 때가 있었다. 하지만 지금은 알 것 같다. 항보 어머니의 마음은 아마도 진하고 독한 항보에 대한 그리움의 에스프레소를 뽑고 있을 것이다.

해변의 백사장. 그 무수히 깔린 모래알들이 처음엔 다 크고 단단한 바위였다.

_신이걸

# 신의 블랙홀

신은 증명할 수 없으므로 믿는 것, 그리고 정말로 믿으면 삶으로 그 증거가 드러나는 것. 하지만 진짜 신을 믿는 자는 채 열 명도 되지 않는다.

_항보

가을바람이 선선해진 어느 토요일 오후. 나는 항보가 갑자기 미치도록 보고 싶어졌다. 시외버스를 타고 찾아온 추모관은 한산했다.

항보는 예쁜 항아리에 담겨 마치 아파트처럼 칸칸이 나뉜 작은 방에 안치되어 있었다.

지금쯤 항보는 어디에 있을까? 천국? 아니면 지옥? 아니면 불교에서 말하는 아홉 단계의 사후 세계 중의 어느 한 곳으로 갔을까?

항보는 말이 없고 십자가가 그려진 미색 항아리 옆에는 항보가 쓰던 휴대폰이 놓여 있었다. 나는 조금 감상에 젖어 항보에게 전화를 걸었다. 경쾌한 리듬의 최신 컬러링이 귓속을 파고들었다.

여보세요?

낯선 여자의 목소리가 들렸다. 항보가 쓰던 번호를 받은 누군지 모를 사람. 항보는 죽었지만 누군가는 살아서 그 번호를 쓰고 있었다. 그 낯설고 무심한 목소리에 나는 급히 전화를 끊었다.

시간이 얼마나 흘렀을까? 의자에 주저앉아 물끄러미 항보의 유골함을 바라보고 있는 내 앞으로 누군가가 걸어왔다.

양복 차림의 그 남자는 항보의 유골함 앞에 서서 두 손을 모으고 고개를 숙이고 기도하기 시작했다. 금방 끝날 줄 알았던 기도는 길고 지루하게 이어졌다.

기도를 마친 그가 고개를 들었다. 손끝으로 눈가를 닦아내는 그의 눈시울은 붉었다.

나는 그가 누구인지 궁금해졌다.

"누구세요?"

내 질문을 받은 그 남자가 나를 돌아보았다. 그리고 중얼거리듯이 말했다.

"네가 신이걸이구나?"

"저를 아세요?"

"그럼, 알지. 항보가 네 얘기를 얼마나 많이 했는데…… 아주 잘 알지."

그의 이름은 김모세. 항보가 다니던 교회의 교육 목사로 항보와 오랫동안 성경공부를 함께했다고 한다. 항보의 장례식에 참석하지 못한 이유를 묻자 그때는 한국에 있지 않았고 파푸아뉴기니에 선교사로 나가 있었다고 했다. 항보의 소식도 거기서 들었다고 했다.

김 목사와 나는 추모관 앞뜰을 걸었다. 단풍이 들기 시작한 나무들이 낙엽을 떨구고 있었다. 김 목사는 불타는 단풍을 보며 십자가에서 피를 흘리는 예수님이라도 보는 듯한 표정을 지었다.

"안 그래도 널 만나러 갈 참이었던데 잘됐다."

"저를요?"

"그래."

"왜요?"

"부탁할 게 있거든."

"?"

"그 전에 먼저 네게 들려줄 얘기가 있다."

김 목사는 벤치에 앉았다. 그리고 아련한 옛 기억을 더듬는 듯 이야기를 시작했다.

작년 가을 김 목사는 청년 사역의 부푼 꿈과 열정을 안고 S교회에 부임했다. 담임 목사 외에 부목사가 열 명이나 되는 대형 교회였다. 좋은 신학대학을 나온 것도 아니고 성적이 뛰어난 것도 아니었지만 자기를 인정해준 담임 목사님이 고맙고 존경스러웠다. 이 교회에서 온몸을 불사르리라 다짐했다.

"김 목사님, 아주 골치 아픈 학생이 하나 들어왔는데요. 좀 맡아주시겠습니까?"

고등부 목사님이 손사래를 치며 항보를 김 목사에게 떠넘기고 갔다. 벌써 세 분의 목사님이 항보에게 두 손 두 발을 다 들었다는 것이었다. 김 목사는 도대체 어떤 불량한 학생이기에 그렇게 다들 골칫덩이라고 하는지 궁금했다.

"성경공부를 한번 시작하면 질문이 아주 장난이 아니에요. 꼬챙이에요. 꼬챙이. 두 시간이고 세 시간이고 자기가 만족할 만한 대답을 들을 때까지 죽자사자 물고 늘어지는데…… 아주 죽겠습니다."

그렇게 해서 김 목사와 항보의 일대일 성경공부가 시작되었다. 전해들은 말 그대로 항보는 성경 구절 하나하나를 집요하게 물고 늘어졌다. 김 목사는 매번 영적 전쟁을 치르듯, 온 마음과 힘을 다해 항보의 질문에 성경적 답변을 해주었다.

김 목사는 항보의 질문이 목사를 골탕 먹이거나 곤경에 빠뜨리려고 하는 게 아니라 진심으로 하나님과 성경을 알고 싶은 마음 때문이라는 것을 느낄 수 있었다.

첫 성경공부는 장장 네 시간이 지난 후에야 끝이 났다. 김 목사가 기도를 마쳤을 때 항보는 마지막으로 하나 더 묻겠다고 했다.

"또 뭐가 궁금할까?"

"목사님은 정말로 하나님을 믿으세요?"

김 목사는 어처구니가 없어서 피식 웃었다. 목사에게 정말로 믿느냐는 질문을 하는 사람은 지금까지 만나본 적이 없었다. 너무나 당연한 것을 오히려 너무나 당연히 물어야 한다는 것처럼 질문을 하고 침착하게 대답을 기다리고 있는 항보가 사랑스럽기까지 했다.

"당연하지."

그렇게 공부가 계속될수록 항보는 지치지도 않고 그 질문을 되풀이했다.

"목사님은 정말로 믿으세요?"

식사 시간을 거르고, 잠자리에 들 시간을 놓치고, 시작하는 시간은 있어도 끝나는 시간은 정해진 게 없다는 듯 날밤을 새우며 성경을 팠다. 항보와 씨름을 하고 난 뒤에는 꼭 듣게 되는 질문.

"목사님은 정말로 믿으세요?"

김 목사는 때론 웃어넘기고, 때론 항보의 머리에 꿀밤을 먹이며 말했다.

"이 녀석아! 내가 괜히 목사냐?"

그러면 항보는 슬픈 듯 눈을 내리깔고 말했다.

"난, 아무리 믿고 싶어도 믿어지질 않아요. 그런데 목사님은 정말 믿으신다는 거죠?"

믿음이 더디 자라는 양도 있는 법이라 김 목사는 꾹 참았다. 그러나 항보의 질문은 변함이 없었다. 심지어 항보는 이런 말도 했다.

"전 세계의 기독교 인구가 20억 명이라고 하지만 제 눈엔 열 명도 채 안 되는 것 같아요."

"뭐?"

김 목사는 어처구니가 없었다. 하나님을 진짜 믿는 사람이 열 명도 안 된다니. 심해도 너무 심하다 싶었다. 하지만 항보를 나무랄 순 없었다. 항보는 정말 열심히 신앙생활을 하려고 노력했다. 예배는 물론이고 새벽 기도도 빠지지 않았다. 교회의 일엔 누구보다 앞장서서 성실하게 일했다. 성경공부는 말할 것도 없었다. 마치 신학대생처럼 신앙 서적을 읽었고 한번

기도를 하면 일어날 줄을 몰랐다. 자기 용돈의 십분의 일을 꼬박꼬박 헌금했다.

항보의 기독교 비판은 김 목사가 생각하기에도 정당한 것이었다. 십자군 전쟁 때 저지른 살인과 약탈, 중세의 마녀재판에 대해서 교회는 회개해야 한다고 했다. 그러나 그것은 사람이 저지른 죄악이지 하나님이 악해서 그런 것은 아니라고 말해주었다.

유명 교회 목사가 독재자의 만찬에 참석하여 축복 기도를 드린 것도 회개할 일이라고 인정했다. 목회자들이 재산 문제로 법정 싸움을 벌이는 것이나, 불륜을 저지르고 여신도를 성추행한 사건들에 대해서도 부끄러운 일이라고 했다. 그러니 더더욱 우리는 하나님만 바라봐야 한다고 말해주었다.

그럴 때마다 항보는 또 물었다. 목사님은 정말로 하나님을 믿느냐고. 김 목사는 가슴이 답답했다. 혹시 무슨 편집증이 있는 건 아닌가 하는 생각이 들 정도였다.

"제가 묻는 건 문화로서의 기독교를 말하는 게 아니에요. 사실로서의 기독교를 믿느냐는 거죠. 유일신으로서의 하나님이 계시다는 것, 천지창조, 동정녀 마리아에게서 나신 예수님이 곧 하나님이라는 것, 우리 모두는 죄인이라는 것, 십자가만이 구원이라는 것, 천국과 지옥이 있다는 것, 그리고 예수님이 보여준 무수한 초자연적 기적들 말이에요."

항보는 '사실로서'라는 말을 강조했다. 사람이 교리를 만들고 신화적으로, 문화적으로, 철학적으로, 문학적으로 믿는 기독교가 아니라 사람이 만들고 생각해내지 않은, 원래부터 '사실로서' 있었던 하나님을 믿느냐고 물었다. 김 목사는 당연히, 확실히, 조금의 의심도 없이 믿는다고 대답했다.

"그럼 이 교회에 다니는 다른 분들도 그럴까요? 목사님처럼 그렇게 믿는 걸까요?"

항보의 끈질긴 질문에 김 목사는 어쩌면 항보가 마귀의 도구가 된 게 아닐까 의심스러울 지경이었다.

"제가 직접 묻고 확인해봐야겠어요."

항보는 예배가 끝난 후 직접 국회의원인 장로님에게 다가가 물었다.

"장로님은 정말로 하나님을 믿으세요? 정말로 믿는다면 왜 뉴스에 안 좋은 일로 자꾸 나오세요? 뇌물 같은 거 받을 때 하나님이 보고 계시다는 생각 안 하셨죠? 사실은 안 믿으시는 거죠? 대답해주세요."

크리스천 기업으로 유명한 회사의 회장직을 맡고 있는 장로님에게도 물었다.

"장로님이 정말로 예수님을 믿는다면 왜 사람들이 회사 욕을 하게 만드세요? 다른 회사보다 월급은 적은데 일은 더 많이 시킨다고 하던대요? 얼마 전엔 직원들 다 자르고 용역 깡패가지 동원해서 폭력으로 진압했다면서요? 왜 그러셨어요? 사실은 하나님을 믿는 게 아니죠? 그렇죠?"

항보의 질문 세례는 이 정도로 그치지 않았다. 산부인과 의사인 집사님에게는 왜 생명을 죽이는 수술을 하느냐, 부동산 재벌인 부자 권사님에게는 부자가 천국에 들어가기는 낙타가 바늘구멍으로 들어가는 것만큼 어렵다고 하는데 어째서 재산을 팔아 가난한 자들에게 나눠주지 않느냐고 물었다. 어떤 권사님이 아들 장례식에서 통곡하자 천국을 믿는다면 그렇게 서럽게 울지는 않을 거라는 말도 했다.

항보의 불편한 질문을 웃음으로 때우고 넘어가던 교회 장로들이 김 목사에게 불편한 마음을 드러내기 시작했다. 교회 분위기를 해치는 고등학생 하나를 제대로 교육하지 못하냐는 무언의 압력이 여러 통로로 전달되었다.

김 목사는 초조해졌다. 엄밀히 따지자면 항보의 질문은 잘못된 것이 없었다. 항보는 다만 불편한 진실을 숨기지 않고 말한 것뿐이었다. 김 목사는 항보에게 무슨 말을 해야 좋을지 난감했다.

어느 날 밤이었다. 항보가 본당 십자가 앞에 서서 고개를 치켜들고 십자가를 바라보고 있었다. 김 목사는 항보에게 다가갔다.

"뭐하고 있니?"

"목사님."

"응?"

"십자가가 너무 화려하고 커요. 이 교회 건물도 너무 커요. 예수님이라면 이렇게 하지 않았을 거예요. 채찍을 들고 와서 다 엎어버렸을 거예요."

항보가 교회를 둘러보며 말했다.

"이건 제 생각인데요. 교회는 커져도 교회 건물이 커지면 안 돼요. 그리고 교회도 세금을 내야 해요. 가난하고 힘없는 사람들을 위한 복지기금 전용으로요. 목사님이 그 일, 추진해볼 생각은 없으세요? 그럼 비신자들에게 엄청난 환호와 박수를 받을 텐데요. 물론 박수를 받기 위해서는 아니지만…… 예수님이라면 무척 기뻐하실 것 같은데요?"

"!"

김 목사는 말문이 막혔다. 흔한 말로 항보의 생각은 택도 없는 소리였다. 대형 교회는 교회 권위의 상징이고 성도의 숫자는 유능한 목사의 상징이었다. 종교 단체가 스스로 알아서 세금을 내는 일은 상상도 할 수 없었다. 오히려 정치권에서 이런 법안을 추진한다면 수단과 방법을 가리지 않고 막으려 할 것이 분명했다.

"항보야."

"네?"

"네가 장로님들께 질문하고 다니는 거…… 많은 분들이 불편해하신다."

"알아요."

"이젠 그만해주지 않겠니?"

"왜요?"

"……."

"오히려 제가 부탁할게요. 실은 믿지도 않으면서 믿는 척 허세 좀 그만 부리라고요. 자기도 못 믿는 걸 남에게 강요하지 말라고요. 하나님 팔아서 장사 좀 그만하라고요."

항보는 그렇게 말하고 십자가만 쳐다봤다. 김 목사는 아무 말도 할 수 없었다. 항보가 그렇게 집요하게 묻던 터무니없는 질문, 정말로 하나님을 믿느냐는 것이 사실은 만만치 않은 질문이었다는 것을 새삼 느꼈다. 김 목사는 이제 자신 있게 믿는다는 말을 할 수 없을 것만 같았다.

항보의 계속되는 질문 공세에 심기가 불편해진 장로들은 담임 목사님을 모시고 회의를 열었다. 그 자리에 김 목사가 불려 나왔다. 무겁고 엄숙한 분위기에 김 목사는 어깨가 짓눌리는 듯했다.

"우리가 왜 불렀는지 아시죠? 거 아무리 새내기 목사라고 해도 제자 교육을 그딴 식으로 하면 되겠습니까?"

내내 못마땅한 표정을 짓고 고개를 약간 옆으로 돌리고 있던 장로님이 말했다.

"……."

"애를 어떻게 가르쳤기에 망나니처럼 여기저기 들쑤시고 다니게 해요?"

"죄송합니다."

"여기 계신 장로님들이 얼마나 심기가 불편했는지 아십니까?"

"외람된 말씀이지만 항보가 좀 무례하게 한 것은 사실이지만 그렇다고 완전히 틀린 말을 하는 것도 아니라 야단치거나 단속을 한다는 게 좀……."

김 목사가 조심스럽게 눈치를 보며 입을 열었다.

"뭐요?"

장로들의 안색이 확 변했다.

"!"

김 목사는 당황했다.

"김 목사님 어느 신학대학에서 공부하셨죠? 말씀 다시 배우셔야겠어요."

"네?"

김 목사는 얼굴이 화끈거리고 입이 바짝 말랐다. 가슴이 쿵쾅거렸다.

"사람이 그렇게 말귀를 못 알아들어서야, 쯧쯧. 그래 가지고 어디 목회하겠어요?"

장로들이 혀를 끌끌 찼다.

"자, 이쯤 얘기했으면 김 목사님도 알아들었을 겁니다. 장로님들께선 그만 역정을 푸시고 회의를 계속 진행하시죠. 김 목사, 자넨 나가 봐."

담임 목사가 말했다. 김 목사는 그 자리에 서서 고개를 푹 숙이고 있었다. 입술이 파르르 떨렸다. 항보가 무례했다면 그건 야단칠 수 있었다. 하지만 김 목사도 내심 항보의 질문은 정당한 것이라 여기고 있었다. 그 말이 목구멍까지 차올랐다. 하지만 차마 입이 떨어지지 않았다.

"안 나가고 뭐해요? 할 말 있어요?"

장로들이 물었다.

"아, 아닙니다."

김 목사가 돌아섰다. 그 순간, 회의실 한쪽 구석에서 항보가 부스스 일어났다. 김 목사와 장로들과 담임 목사가 화들짝 놀랐다. 항보는 늘어지게 하품을 하더니 눈꺼풀을 비비며 걸어 나왔다.

"뭘 그렇게 놀라세요? 제가 들으면 안 될 얘기라도 하셨나요?"

항보의 손에는 MP3 녹음기가 쥐어져 있었다. 장로들의 안

색이 파랗게 변했다. 서로 눈을 맞추고 고개를 설레설레 흔들고 입술을 꽉 다물었다.

"그거 이리 내라."

"싫은데요?"

"이리 내!"

"정말로 하나님을 믿는 사람들이 할 만한 얘기는 아니었나 보죠?"

항보가 지지 않고 말했다.

"김 목사, 뭐하고 있나? 빨리 저 녹음기 뺏어!"

김 목사는 얼굴이 달아올랐다. 항보와 장로와 담임 목사의 시선이 한꺼번에 꽂혔다. 김 목사는 떨리는 손으로 항보에게 손을 내밀었다.

"항보야, 그거 이리 내."

"역시 제 생각이 맞았어요. 목사님도 하나님을 믿는 게 아니었어요. 자요."

항보는 녹음기를 김 목사 손에 올려놓았다.

"제가 이 교회에 다니는 거 다들 불편하시죠? 아, 교회가 아니라 여긴 종교문화센터지. 저도 더 이상은 이런 데 다닐 생각이 없어졌거든요. 사라져드릴게요. 아무리 생각해도 종교문화센터치고는 회비가 너무 비싸요."

항보는 문을 열고 나갔다.

김 목사는 허둥지둥 항보를 따라 나갔다. 항보의 손을 잡고 애원하듯 말했다. 네가 참아라, 네가 이해해라, 하나님은 살아 계신다 등등. 그러나 항보는 빙그레 웃으며 말했다.

"목사님 그동안 고마웠어요. 앞으로 다시는 사람들한테 하나님 믿으라는 말씀하지 마세요. 자기도 못 믿으면서 뻥치지 마시고요!"

"!"

김 목사는 빙그레 웃고 있던 항보의 눈가가 촉촉해져 있는 것을 보았다.

"저는요, 지금 당장 죽어서라도 보고 싶어요. 진짜 하나님이 살아 계시는지 정말로 천국과 지옥이 있는지……."

"뭐?"

"죽어서라도 보고 싶다구요!"

김 목사는 소스라치게 놀랐다. 그 말이 무엇을 의미하는지 더 물어야 했지만 묻지 못했다. 항보가 교회 밖으로 사라질 때까지 그 자리에 못 박힌 것처럼 망연히 서 있을 뿐이었다.

"참, 녹음된 거 들어보고 돌려주세요."

항보가 사라진 후 김 목사는 녹음기를 켰다. 복음성가가 흘러나왔다. 아무리 뒤져도 회의 내용을 녹음한 파일은 없었다.

그 후 김 목사는 자진해서 선교지인 파푸아뉴기니로 떠났다. 선교사로 파송된다는 것은 핑계고 사실은 도망이었다. 가능한 멀리 떨어진 곳, 가장 힘든 선교지로 가야 항보의 일을 잊을 수 있을 것 같았다. 그래야 죄책감이 조금이라도 덜어질 것 같았다.

선교지에 도착한 김 목사는 문을 걸어 잠그고 기도에 매달렸다. 밖으로 나가 누구에게 복음을 전한다는 것은 기만이었다. 항보의 대답에 분명히 대답할 수 있을 때까지 진짜 믿는다는 말을 자신 있게 할 수 있을 때까지 할 수 있는 일이라곤 기도밖에 없었다.

그리고 얼마 지나지 않아 담임 목사에게 전화가 왔다.

"그 아이 말이야…… 자살했다는군."

어느덧 해가 지고 있었다. 긴 얘기를 마친 김 목사님의 깍지 낀 손가락에는 힘이 잔뜩 들어가 있었다.

"그래서 다시 돌아오신 거예요?"

"항보에게 제대로 된 대답을 해야 하지 않겠니? 그러니 부탁이다. 네가 항보 대신 그 대답을 들어다오."

"제가요?"

"그래."

김 목사님은 내 손등에 거친 손을 얹었다. 평화로워 보이는 얼굴이었다.

다음 날 아침 나는 교회로 향했다. 속속 들어오는 교회 버스와 자가용들이 주차 전쟁을 치르고 있었다. 밝고 환한 얼굴로 인사를 나누는 성도들 사이로 김 목사가 보였다. 그 뒤로 어마어마하게 큰 교회 건물이 위용을 자랑하고 있었다.

복층 구조로 되어 있는 본당엔 수천 명이 예배를 드리기 위해 빼곡히 앉아 있었다. 오른쪽의 성가대는 백 명쯤 되어 보였다. 천사처럼 흰옷을 입고 찬송가를 부르고 있었다. 파이프 오르간 소리는 마치 이곳이 천국이라고 선포하는 듯 신비로운 분위기를 자아냈다. 강대상 뒤에는 담임 목사를 중심으로 양쪽에 다섯 명의 부목사와 장로가 앉아 있었다.

예배가 시작되었다. 사회자의 진행으로 장로의 대표 기도가 길게 이어지고 찬송가가 울려 퍼졌다. 담임 목사님이 설교를 시작하자 사방에서 아멘 소리가 메아리쳤다.

나는 주위를 둘러보았다. 중앙 통로 가운데 김 목사가 서 있었다. 긴 설교가 막 끝날 때였다. 김 목사가 결심한 듯 내게 눈짓을 보냈다. 그리고 중앙 통로를 성큼성큼 걸어 강대상으로 향했다.

단상 위로 올라가 강대상 앞에 선 김 목사는 마이크를 잡았다. 순서에 없는 김 목사의 출현에 사회자가 당황하는 기색이 역력했다. 담임 목사와 부목사, 장로님들이 서로 시선을 주고받으며 불안한 표정을 지었다.

"김모세 목사입니다. 저는 오늘 이 자리에 저의 죄를 고백하고 회개하려고 나왔습니다. 얼마 전 하나님을 믿고 싶은 열망으로 가득했던 한 학생이 스스로 목숨을 끊는 안타까운 일이 있었습니다. 여러분도 잘 아시는 곽항보라는 학생입니다. 제가 성경을 가르치고 함께 기도했던 저의 영적인 제자입니다."

성도들이 술렁이기 시작했다.

"저는 항보의 고민을 외면했습니다. 그런 결정을 할 때까지 수수방관했고, 심지어 그의 곁에서 달아났습니다. 왜냐하면 살아계신 하나님을 믿지 못하고 담임 목사님과 장로님과 교단의 권위를 더 믿었기 때문입니다. 제가 담임 목사님의 눈 밖에 나서 교회에서 쫓겨날까 봐 두려워했기 때문에 저는 한 학생을 교회에서 내쫓았습니다."

여기저기서 "뭐야?", "중지 시켜!" 같은 소리가 들려오기 시작했다.

"항보는 제게 늘 물었습니다. 목사님은 하나님을 정말로 믿냐고. 저는 너무나 당연하게 그렇다고 말했습니다. 하지만 그건 거짓말이었습니다. 저도 모르는 믿음을 그 아이에게 강요했습니다. 저는 제 안위를 위해, 교회는 자신의 불편함을 감추기 위해 한 어린 학생을 죽음으로 내몰았습니다. 하지만 이제 저는 당당하게 고백할 수 있습니다. 저는 살아계신 하나님을 믿습니다! 저의 목사직이 박탈된다 해도, 어떤 핍박이 온다 해도 저는 하나님 앞에 두렵고 떨리는 마음으로 하나님을 파는 삯꾼 목자들과 싸울 것입니다. 이 교회에서 일어나는 온갖 비리와 추악한 죄악들을 다 고백하고 회개를 촉구할 것입니다. 그것만이 목숨을 걸고서라도 하나님을 만나려고 했던 한 학생의 목자였던 제가 살아계신 하나님을 증명할 수 있는 유일한 방법이기 때문입니다. 담임 목사님을 비롯해서 부목사님들, 장로님들, 그리고 우리 모두의 죄를 고백하겠습니다. 먼저 담임 목사님의 재정 관련 문제부터 시작하겠습니다."

김 목사가 양복 주머니에서 준비해온 종이를 꺼냈다. 접혀진 종이를 펴자 A4 용지가 여러 장이었다.

김 목사가 마이크를 잡았다. 순간, 당황한 사회자가 이층의 조정실을 향해 손짓했다. 김 목사의 마이크가 꺼졌다. 김 목사는 꺼진 마이크를 내려놓고 육성으로 말하기 시작했다. 그러자 부목사들이 우르르 몰려나와 김 목사의 양쪽 팔을 낚아채듯 붙잡았다. 김 목사는 완강히 버텼다. 김 목사의 손에서 준비해온 종이들이 후두둑 떨어졌다. 몸싸움이 일어나자 사회자가 성가대를 향해 손짓했다. 놀란 눈으로 지켜보고 있던 지휘자가 두 팔을 움직이기 시작했다. 성가대가 합창을 시작했다. 헨델의 메시아 중 〈주의 영광 구주의 영광〉이라는 합창곡이었다.

**주의 영광 구주의 영광**

오랫동안 기다리던 주님 강림 하셔서
주의 영광 구주의 영광

파이프 오르간과 성가대의 합창이 울려 퍼지는 가운데 김 목사가 강대상에서 끌려 나가고 있었다. 바닥에 떨어진 종이가 구둣발에 밟혔다. 부목사가 재빨리 그 종이를 주우려고 바닥에 엎드렸다. 끌려가던 김 목사와 부목사들이 엎드린 그의 등에 걸려 와르르 넘어졌다. 메시아 합창 소리는 더욱 커졌다.

죄에 매인 백성들을 자유 얻게 하시네
오래 기다리던 백성 많은 복을 받겠네
구주의 영광 나타나리라 구주의 영광

부목사들에게 끌려가는 김 목사의 모습 위로 십자가를 짊어진 채 골고다 언덕을 오르는 피투성이 예수의 모습이 겹쳐졌다. 합창은 더욱 크고 높게 울려 퍼졌다. 나는 교회 건물이 형체도 없이 사라진 골고다 언덕에 서 있는 항보를 생각했다.

이 사건으로 김 목사는 소속 교단의 징계위원회에 회부되었다. 교회는 목사직 박탈을 주장했지만 교단 내에서는 일 년간 설교 금지와 자숙 기간을 주는 정도면 충분하다는 의견도 만만치 않아서 결과가 어떻게 될지는 아무도 모른다고 했다.

유튜브에는 김 목사가 끌려 나가는 장면이 동영상으로 올라와 엄청난 조회 수를 기록했다. 교회 게시판은 김 목사가 속 시원하게 할 말을 했다는 쪽과 경솔했다는 쪽이 엇갈렸다. 튀려고 별짓을 다한다는 댓글도 있었다.

항보에 대한 추모 글도 많이 올라왔다. 무엇보다 김 목사가 고백하려 했던 교회의 비리 내용이 무엇인지를 궁금해하는 질문들이 많았다. 추측성 고발 글들도 쏟아져 나왔다. 변호사와 세무사, 형사, 교사 등을 중심으로 한 청년위원회에서 비리의 실체 추적에 나선다는 소문도 돌았다.

김 목사는 종교 단체의 복지 세금 징수 운동을 전개해나갈 것이라고 했다. 김 목사는 교회 개혁을 추진하는 진영의 주목과 환영을 받았다. 누군가는 김 목사의 차에 붉은 페인트칠로 '마귀, 사단' 이라는 욕을 써놓기도 했다.

다시 찾아간 추모관의 항보는 여전히 침묵 속에 잠들어 있었다. 종교가 그렇게 중요한 문제였니? 죽어서라도 확인하고 싶을 만큼? 나는 속으로 항보에게 물었다. 하나님이 있다면 따져 묻고 싶었어. 당신이 만들었다는 세상은 왜 고작 이 따위냐고. 항보가 그렇게 대답하는 것 같았다. 나는 지금까지 어떤 문제의 답을 알기 위해 자기 온몸을 던진 친구를 본 적이 없다.

지금쯤 항보는 어디에 있을까? 무엇을 보고 있을까? 구름과 바람이 되어 떠돌고 있을까? 수천 년 동안 아무도 증명하지 못한 문제 앞에서 나는 삶과 죽음, 영원과 무한이라는 신의 블랙홀로 빠져들어 가는 듯했다.

만약 기독교 인구가 모두 사실로서 하나님을 정말로 믿는다면 전쟁, 폭력, 기아, 빈부 격차, 인종 차별, 범죄는 다 사라질 것이다. 혁명적으로 인류의 역사가 달라질 것이다. 그러나 사람이 만든 문화 활동으로서의 기독교라면 그 독단적 교리와 온갖 추악한 범죄들로 인해 가장 위험한 종교라는 비난을 받아 마땅하다.

_신이걸

# 한쪽 날개의 새

하늘에서 한 아이가 추락한다. 땅의 일에 바빠 하늘을 쳐다볼 틈이 없던 사람들은 전혀 눈치채지 못한다. 아이가 계속 추락한다. 사람들은 여전히 땅만 보고 있다. 마침내 아이가 아스팔트에 쿵 떨어진다. 그제야 사람들은 모여든다. 으깨진 아이는 교복을 입었고 등에는 작은 날개가 달려 있다. 그러나 한쪽 날개뿐이다. 사람들은 말한다. "고삐리네", "천사잖아", "고삐리든 천사든 날개가 있는데 왜 추락했지?", "한쪽 날개로는 날지 못하나?", "아무튼 요즘 걸핏하면 하늘에서 뭔가가 떨어져", "위험하니 추락 금지법을 만드는 게 어떨까?"

_항보

천변 작은 다리 위에 서 있는 여학생을 보았다. 난간을 짚고 고개를 숙여 아래쪽을 내려다보고 있는 그 모습이 금방이라도 뛰어내릴 것만 같아서 나는 자전거를 멈추고 조금 떨어진 곳에서 유심히 지켜보고 있었다. 바람이 불자 긴 생머리가 날리면서 옆얼굴이 드러났다. 가는 턱 선에 커다란 눈, 오똑한 콧날, 틀림없는 중학교 동창 주희였다. 머리카락을 쓸어 넘기던 주희가 나와 눈이 마주치자 언제 그랬냐는 듯 활짝 웃으며 내게 다가와 어깨와 가슴을 손바닥으로 툭툭 치며 장난을 쳤다.

"야, 신이걸 오랜만이다 짜샤!"

"으응, 오랜만이다."

주희는 서울 근교에 있는 기숙형 사립고에 진학해서 같은 동네에 살면서도 거의 못 보고 지내던 터였다.

"근데 평일 낮에 왜 네가 여기 있니? 그것도 교복 차림으로 당당하게?"

주희가 물었다.

"교복을 입은 채 자전거를 타고 오후 2시를 달리면 시간의 감옥에 균열을 내는 것 같은 기분이 들거든. 넌 남이 쳐놓은 울타리에 갇혀 지내는 게 답답하지도 않냐?"

"아무리 폼 나게 말해도 결국은 무단결석이네."

주희가 피식 웃었다.

"하하. 내가 요즘 생각할 게 좀 많거든. 그러는 넌?"

"시간의 감옥을 찢고, 학교 담장을 찢고, 이 세상에 균열을 내는 중이다. 됐냐?"

"무단결석?"

"내 특기지."

나는 피식 웃었다. 오랜만에 만난 주희와 말장난을 하다 보니 왠지 기분이 좋아졌다.

"근데, 방금 네 분위기가 좀 그렇더라……."

"왜 뛰어내리기라도 할까 봐?"

주희는 내 말이 아주 재미있다는 듯 웃음을 날렸다.

"실은 방금 전에 아주 중요한 가방을 날치기 당해서 지금 기분이 엉망이야."

오토바이를 탄 헬멧이었는데 불꽃 모양으로 튜닝을 하고 머플러까지 떼어 요란한 굉음을 내는 것이 딱 촌스러운 고삐리 같았다고 했다.

"내가 좀 알아봐줄까?"

주희가 나를 보는 눈빛이 한마디로 범생이 주제에……였다. 나는 조금 오기가 나서 다그쳐 물었다.

"말해봐, 어떤 가방인데?"

"흰색 프라다 숄더백. 아, 물론…… 짝퉁이지."

그제야 주희가 교복이 아니라 한껏 멋을 부린 사복 차림이라는 것을 깨달았다. 수수했던 중학생 때의 모습은 완전히 사라지고 말하는 폼도 중학교 때와는 많이 달라졌다.

"안에 뭐가 들었는데?"

"그건 비밀."

주희가 눈을 찡긋했다. 중학교 때도 인터넷 얼짱으로 통했지만 지금 주희는 그때보다 훨씬 더 예뻐졌다. 내 심장이 먼저 알아보고 두근거릴 정도였다.

나는 창기에게 도움을 청했다. 오토바이를 타고 다니는 고삐리 날탱이라면 폭주족이었던 창기가 금방 찾아낼 수 있을 것 같았다. 아니나 다를까 창기는 단 하루 만에 가방을 찾아냈다. 나 때문에 안 만나던 폭주족 애들을 다시 만났고, 욕도 좀 찌끄렸으며, 물론 쓰지는 않았지만 주먹까지 불끈 쥐었다며 나중에 꼭 은혜를 갚으라고 다짐을 했다. 그런데 막상 가방을 건네주는 창기의 표정이 조금 심각했다.

"안에 좀 골 때리는 게 들어있더라."

"?"

창기가 가방 안에서 하얀 약통을 꺼냈다. 스티커에는 영어로 된 약 이름이 적혀 있었다. 창기 말로는 인터넷에 검색해봤더니 수면제로 나왔다고 했다. 하얀 플라스틱 약통 안에 가득 든 알약을 보자 나는 가슴이 철렁 내려앉았다.

"야, 곰도 구르는 재주가 있다더니!"

다시 만난 주희는 내가 건네주는 하얀색 짝퉁 프라다 숄더백을 받아들고 놀라워했다. 그리고는 다짜고짜 내 손을 잡고 뛰기 시작했다. 잠시 후 주희는 우체국으로 들어갔다. 박스를 접어 수면제가 든 약통을 넣고 꼼꼼히 포장을 했다. 소포를 부치고 나온 주희는 현금인출기에서 돈을 찾았다.

"뭐 먹고 싶냐?"

"자, 잠깐만. 너 지금 뭐하는 거야?"

나는 걸음을 멈추고 정색을 한 채 물었다.

"음, 죽고 싶어하는 어떤 애가 있어. 인터넷에서 만난 앤데 걔한테 판 거야."

"!"

나는 소스라치게 놀랐다. 너무 화가 나고 어이가 없어서 주희를 노려보다가 길에 버려두고 우체국으로 되돌아갔다. 직원에게 방금 보낸 소포를 돌려달라고 하자 본인이 아니면 안 된다고 했다. 나는 할 수 없이 그 안에 든 게 다량의 수면제라고 말하려고 했다.

"쉿! 넌 내가 경찰에 잡혀가길 원해?"

어느 틈에 다가온 주희가 귓속말로 속삭였다. 나는 주희와 우체국 직원을 번갈아 보며 입술을 깨물었다. 주희가 깔깔 웃기 시작했다.

"너 지금 웃음이 나와? 이게 웃을 일이야? 이건 범죄야!"

"범죄는 맞아. 그거 가짜 약이니까."

"뭐?"

"짝퉁이라고."

주희가 또 귓속말로 속삭이고는 두 팔을 위로 쭉 펴며 우체국을 걸어나갔다. 나는 어이가 없어 씩씩거리며 주희의 뒤를 쫓아나갔다.

주희는 우체국 앞 빨간 우체통 옆에 서서 고개를 들고 하늘을 바라보고 있었다. 하늘은 높고 푸르렀다.

"살아 있는 건 좋은 거야. 그렇지?"

주희는 눈을 지그시 감고 뺨으로 바람이라도 느끼려는 듯 부드러운 미소를 지었다. 그 태도가 너무 자연스러워서 나는 도대체 얘가 지금 뭐하는 거지? 하며 어리둥절하였다. 주희가 나를 보며 방긋 웃었다.

"난 용돈이 필요하고 그 앤 수면제가 필요하고. 그래서 맞교환을 한 거야. 그거 다 비타민과 위장약, 그리고 새콤달콤한 알약 모양의 과자야. 아, 진짜 수면제도 한 알은 들어 있다. 그래야 죽은 듯이 푸욱 잘 수 있을 테니까. 그렇게 늘어지게 자고 난 다음 날 아침에 눈을 뜨면 자기가 살아 있다는 사실에 놀라겠지. 날아갈 것처럼 기분도 좋아질 거야. 다시는 죽겠다는 생각 같은 건 하지 않게 될 거야."

"너 제정신이야?"

"일명 사후 처리반. 죽고 난 후의 감정을 치료해서 더욱 살고 싶게 만들어주는 최신 서비스 업종이지. 어때? 기막힌 아이템 아니니?"

주희가 방긋 웃으며 내 머리를 손바닥으로 톡톡 쳤다. 마치 어린아이를 대하는 듯한 태도였다.

오후 3시. 주희가 또 나를 불렀다. 난 자전거를 타고 아무 데나 돌아다니고 있었다. 주희는 좀 과하다 싶을 정도로 활기찼던 어제의 분위기는 온데간데없고 처음 다리에서 보았던 것처럼 다시 우울한 얼굴이었다.

"술 사줄까?"

"!"

주희는 나를 데리고 술집으로 향했다. 내가 손을 빼자 주희는 딱 멈춰 서서 나를 위아래로 훑더니 가벼운 한숨을 토해냈다. 그리고는 편의점으로 들어가서 담배를 사 들고 나왔다.

"어, 어떻게 샀어? 미성년자잖아?"

"이걸로."

주희는 주민등록증을 꺼내 보여주었다. 주희 사진이 붙어 있었지만 생년월일은 세 살이나 많은 성인으로 되어 있었다.

"언니 거 분실 신고하고 내 사진 붙여서 재발급받았어."

"뭐?"

"히히. 일종의 프리패스 마술 카드지. 이것만 있으면 난 내가 아닌 내가 돼. 어디든 갈 수도 있고 뭐든 할 수 있지."

주희는 근처 커피 전문점으로 들어가 말없이 담배를 피우며 커피를 마셨다. 나는 담배 연기가 꽉 찬 숨 막히는 공기에 머리가 어지럽고 토할 것만 같았다. 아주 다른 사람처럼 변해버린 주희를 보는 것도 고통스러웠다.

"너, 왜 그렇게 변했니?"

"……."

주희는 대답 없이 세 개비나 더 줄담배를 피워댔다. 나는 결국 흡연실을 뛰쳐나오고 말았다.

주희는 다시 나를 데리고 지하철을 탔다. 이상하게 주희가 뭘 하자고 하면 나는 코를 꿰인 송아지처럼 얌전히 끌려 다니고 있었다. 어쩌면 주희가 자살을 할지도 모른다는 막연한 불안감이 나를 그렇게 만들었는지도 몰랐다.

홍대 입구에서 내린 주희는 다리가 아플 때까지 옷이며 장신구 따위를 구경하며 돌아다녔다. 나는 목줄에 매인 강아지처럼 따라다녔다. 주희가 시계를 보더니 가게로 들어가 아이스크림콘 두 개를 사 들고 나왔다. 주희는 먹지는 않고 질질 녹아 흐를 때까지 양손에 들고 걷기만 했다.

"손등에 떨어진다."

"알아."

내가 놀이터 벤치에 앉는 순간, 주희가 턱으로 누군가를 가리켰다. 외제 승용차에서 선글라스를 쓴 남자가 내렸다. 한껏 나 돈 많아, 라고 자랑하는 듯한 옷차림과 액세서리였다.

퍽, 퍽!

주희가 녹아서 질질 흐르는 아이스크림을 마치 폭탄처럼 남자에게 던졌다. 하나는 등에, 다른 하나는 정확히 얼굴에 맞았다.

"튀어!"

주희가 먼저 뛰었고 나는 얼떨결에 따라 뛰었다. 모퉁이 몇 개를 돌자 주희는 거친 숨을 헐떡거리며 깔깔 웃었다. 그리고 휴대폰을 꺼내 아까 그 남자의 사진을 보여주었다. 사진 아래에 '주말 부담 없는 섹파 구함'이라고 적혀 있었다.

"야, 너 진짜 미쳤구나?"

"내가 아니라 저 새끼가 미친 거지. 저런 변태 새끼들은 다 죽여버려야 해."

순간, 나는 주희의 눈동자에서 소름이 끼칠 정도의 살기를 느꼈다. 동시에 내 머릿속엔 공원의 어느 벤치에 앉아 수면제를 털어 넣고 쓰러지는 주희의 모습이 떠올랐다. 나는 전전긍긍하며 주희를 따라다닐 수밖에 없었다.

"고맙다. 이걸아."

"뭐가?"

"내 옆에 착 달라붙어 있어 줘서. 아무 때나 부르면 강아지처럼 쪼르륵 달려와주고. 너는 나의 펫!"

"……."

"히힛. 걱정 마, 나 안 죽어."

"!"

"살 거야. 악착같이, 막!"

"막?"

"그래. 막! 막 살 거야, 막!"

주희는 그렇게 말하더니 벌떡 일어나 혼자 아무 데로나 가버렸다. 나도 그냥 확 가버릴까 했지만 어느새 나는 또 주희를 따라 마냥 걷고 또 걷고 있었다. 주희의 감정은 들쑥날쑥이었다.

주희는 노점상의 인형들을 바라보다가 혼잣말처럼 중얼거렸다.

"근데 하나도 안 고맙다."

"?"

"너도 똑같아. 상담 선생님이나 정신과 선생님이나 엄마나 아빠하고…… 다 똑같아."

"뭐가?"

"내가 또 사고 칠까 봐 전전긍긍하는 거. 내 눈치만 슬슬 보는 거……."

역시 무슨 일이 있었던 게 분명했다. 설마 내가 상상하는 그 일만은 아니길 바라며 나는 조심스럽게 물었다.

"또?"

"그래, 또!"

주희는 금방이라도 울 것처럼 신경질을 부렸다. 그러다가 돌아서서 어깨를 들썩이며 눈물을 흘렸다. 무슨 사고를 쳤냐고 물어도 주희는 끝내 대답하지 않았다. 나는 그런 주희를 지켜보고 있을 수밖에 없었다.

주희에게 연락이 오지 않은 날, 나는 주희가 다니던 기숙형 사립고로 가는 시외버스를 탔다. 버스는 서울을 벗어나자 노을이 손을 담그고 있는 강변을 따라 구불구불한 국도를 달렸다. 강을 앞두고 산을 등지고 있는 곳에 예쁜 학교 건물이 보였다.

주희와 같이 이곳 기숙형 사립고에 진학한 중학교 때 친구 형진이를 찾았다. 얼마쯤 기다리자 형진이가 손을 흔들며 교문 쪽으로 나왔다.

"오랜만이다."

"잘 지내지?"

나는 형진이와 함께 운동장 벤치에 앉았다. 형식적인 인사와 소식을 묻고 난 후, 나는 주희에게 무슨 일이 있었느냐고 물었다. 형진이는 정말 아무것도 모르냐고 되물었다. 그러다 혼자 고개를 끄덕이며 중얼거렸다.

"하긴 요즘 자살하는 애들이 어디 한둘이냐? 전국 방방곡곡에서 감나무 홍시 떨어지듯 하는데…… 나는 겨울에 눈 오는 거나 여름에 비 오는 것만 봐도 애들이 막 떨어져 죽는구나 하는 생각이 든다."

형진이 목소리는 예전처럼 조용조용했다. 하지만 예전처럼 많이 웃는 것 같지는 않았다. 웃음에도 그늘이 묻어 있었다.

"여기 많이 힘드냐? 너 옛날엔 그렇게 뺑이 심하지 않았던 것 같은데?"

"여기만 힘들겠냐? 학생은 다 힘들고 학교는 다 지옥이지. 그래도 여기가 좀 더 힘들긴 할 거야. 전국에서 공부 좀 한다는 애들이 모였으니까. 집안도 대체로 좋은 편이고. 부모도 잘나, 형제도 잘나…… 하여튼 애들이 다 자존심은 세서 성적이 조금만 떨어져도 아주 죽는시늉을 한다. 신경질에 히스테리가 장난이 아니야……."

형진이가 손가락을 들어 학교 건물을 가리켰다. 4층짜리 건물이었다. 그 너머로 해가 떨어지고 있었다.

"저기서 투신했어. 수정이라는 친구하고 둘이 같이."

"!"

"여자 애들 둘이 손잡고 동반 자살을 시도했으니 둘이 레즈비언이였다는 소문까지 돌았지만 내가 볼 때 둘은 그냥 왕따였어."

"?"

"수정이는 공부는 탑인데 얼굴이 정말 못 생겼거든. 그래서 다들 그랬어, 서울대 나오고 박사학위를 따면 뭐하냐? 그 얼굴로 사느니 차라리 죽겠다, 네 얼굴 보면서는 밥을 못 먹겠다, 비위가 상해서…… 뭐, 그렇게들 비아냥거렸지. 반면에 주희는 얼굴은 무진장 예뻤지만 공부는 꽝이었어. 그리고 항상 돈에 쪼들려서 궁상을 떨었지."

"그 정도로 가난했나?"

"주희가 입학하자마자 아빠가 회사에서 짤렸대. 아빠는 일 년 내내 복직투쟁이니 뭐니 하느라 정신이 없었고, 결국 살림만 하던 엄마가 온갖 아르바이트를 다 해가면서 겨우 버텼대."

"아……."

"근데 좀 이상했어. 4층이 과연 진짜 자살을 시도할 만한 높이였을까?"

"?"

"확실하게 죽으려면 더 높아야 하지 않을까? 8층에서 떨어지고도 살아나는 경우가 있잖아. 근데 저긴 겨우 4층이었거든."

"무슨 뜻이야?"

"좀 애매하다는 거지. 걔네들이 진짜 죽으려 한 건지…… 아니면 실수로 떨어진 건지. 그냥 분위기만 잡으려던 건데 아차,

하는 순간에 툭!"

"……!"

"암튼 수정이는 그 자리에서 즉사했는데 주희만 살아난 거야. 지금도 온몸에 철심이 박혀 있대. 근데 그걸 보고 또 애들이 놀리는 거야. 인조인간이라고."

"그건 너무 잔인하잖아?"

"말했잖아. 여기 애들 히스테리가 장난 아니라고…… 누구라도 밟아야 자기 스트레스가 풀리는 거야. 인조인간은 약과였어. 갈고리 마녀라고도 했으니까."

"갈고리 마녀?"

"주희 옆에 가면 낚시 바늘로 꿰어서 죽음의 늪으로 끌고 간다는 거지. 주희가 자살하자고 꼬였다는 거야. 어떤 애들은 이런 말도 해. 사실은 주희가 밀어서 수정이가 떨어졌다고……."

"진짜 지독하다. 어떻게 그런 말을……."

"아무튼 그 사고 이후로 주희가 학교에 남아 있고 싶었겠냐? 밤에는 기숙사 애들이 괴롭혔겠지. 낮에는 상담 선생님이 잘 알지도 못하면서 헛소리 찍찍하지. 선생님들도 주희가 또 사고 칠까 봐 눈치 보느라 전전긍긍하지. 아, 끝판 왕은 수정이네 엄마였어."

"엄마?"

"주희한테 할 소리 못 할 소리 다 했거든. 남의 집 귀한 딸

죽여놓고 자기 혼자 살아남은 나쁜 년이라고. 내 딸 살려내라고 주희 멱살을 잡고 머리채를 잡고 흔들고…… 그때 주희는 완전히 넋이 나갔었다. 진짜 불쌍했어…….”

형진이의 말을 들으며 주희가 겪었던 일들이 영화의 한 장면처럼 머릿속을 스쳐 지나갔다.

어느덧 어둠 속에 묻혀 가는 학교 건물은 속에 감추어둔 형광등 불을 켜고 있었다. 하지만 그 하얀 빛은 어둠을 완전히 몰아내지는 못하고 겨우 속만 어렴풋이 밝히고 있을 뿐이었다.

돌아오는 길에 버스 안에서 천재의 전화를 받았다. 천재는 정말 어처구니없는 일을 당했다며 전화 속에서 방방 뛰었다. 학원에서 나오는 길에 누군가 등을 톡톡 건드리기에 돌아보는 순간 뭔가 번쩍하면서 코뼈가 주저앉을 만큼 강한 충격이 왔는데 정신을 차려보니 바닥에 두툼한 참고서가 떨어져 있었다고 했다. 그러니까 누군가 참고서 책등으로 코뼈를 후려쳤다는 얘기였다.

“젠장, 책이 흉기가 될 수도 있다는 거 처음 알았다. 근데 그게 누구 짓인 줄 아냐?”

“누군데?”

“주희.”

“뭐?”

"걔 진짜 미친 거 아니냐? 지네 아빠가 회사에서 짤린 걸 왜 나한테 화풀이를 해?"

주희 아빠가 천재 아빠의 회사에서 일해왔다는 건 처음 듣는 얘기였다.

"주희가 부탁해서 옛날부터 모른 척해줬거든. 나 같아도 쪽 팔렸을 테니까. 내가 그만큼 자기 사정 봐줬으면 나한테 더 잘해야지. 어떻게 은혜를 원수로 갚냐?"

"주희가 확실해?"

"확실해."

전화를 끊은 나는 마음이 답답해졌다. 주희가 더 이상해지기 전에 막아야 한다는 생각이 들었다. 주희에게 전화를 걸려고 하는 순간 또 전화벨이 울렸다. 이번엔 학선이였다.

"일루 좀 와봐라. 골 때린다."

상가 건물 2층에 TOP 종합용역이라는 간판이 보였다. 유리창에는 '기업분쟁 현장전문 시설경비' 등의 글자가 붙어 있었다.

2층 출입문을 열고 들어가자 학선이가 팔짱을 끼고 책상에 걸터앉아 있었다. 양복바지에 하얀 와이셔츠 차림이었다. 소파에는 주희가 혼자 앉아 고개를 옆으로 돌리고 있었다. 책상 위에는 깨진 소주병이 놓여 있었다.

"형, 어떻게 된 거야?"

내가 묻자 학선이가 아랫입술을 깨물며 눈썹을 찡그렸다.

"형? 넌 나하고 친구 먹기로 했잖아!"

"그래도 좀……."

"말 놔."

"아, 알았어. 근데 무슨 일이야? 주희 네가 왜 여기 있는 거지?"

내가 주희를 보며 묻자 학선이가 책상 위의 깨진 소주병을 턱으로 가리켰다.

"저걸로 뒤에서 까더라."

"!"

학선이가 일을 마치고 사무실로 들어오는데 느닷없이 주희가 나타나 소주병으로 학선이 머리를 노리며 휘둘렀다. 다행히 학선이는 뒤에서 다가오는 주희의 그림자를 발견하고 본능적으로 피했다. 소주병은 허공을 긋고 벽에 맞아 깨졌다. 주희는 유리병 파편에 맞아 손을 다쳤다.

"근데 여긴 용역 회사잖아? 왜 여기 있는 건데?"

"언제까지 애들 삥만 뜯으면 살 순 없잖아."

학선이는 애들한테 삥이나 뜯는 양아치 짓을 그만두고 용역업체에 취직하기로 했다. 멋진 경호원을 꿈꾸었던 것과는 달리 현실은 철거 현장이나 파업 현장에 가서 온종일 피 터지는 몸싸움을 하는 것이 거의 전부였다.

마침, 천재네 아빠가 운영하는 출판사와 인쇄소에서 파업이 있었고 인쇄소를 점거한 해고 노동자들을 강제 진압하는 과정에서 용역이 동원되었다. 마침 학선이가 휘두른 각목에 주희 아빠가 머리를 맞아 두개골 골절과 인대 파열 등의 부상을 입었다고 했다.

"솔직히 현장은 전쟁터거든. 거기서 누가 누군지 어떻게 아냐? 난 저 녀석 아빠를 본 적도 없었고. 그러고 난 뭐 그런 일이 좋아서 하는 줄 알아? 미성년자지만 여기서 숙식도 해결해 주고 용돈도 준다니까 그냥 따라간 거지."

"내가 똑똑히 봤어. 네가 우리 아빠 머리를 각목으로 치는 거."

주희는 하얀 눈동자를 치켜뜨고 학선이를 노려보고 있었다. 손등의 반창고는 어느새 번져 나오는 피로 빨갛게 물들어 있었다.

"근데 네 친구 맞냐?"

"맞어."

"그럼 빨리 데려 가라. 난 똥 밟았다 생각할 테니까. 네 친구니까 봐주는 거야."

나는 주희에게 눈짓했다. 주희가 자리에서 일어났다. 아직도 학선이 머리를 깨지 못해 아쉽다는 표정이었다. 학선이가 얼른 데리고 나가라고 손짓을 했다. 내가 억지로 주희를 끌고 나가려는 순간 주희가 또 한마디를 던졌다.

"나중에 또 보자."

"야!"

학선이가 화가 나서 책상 위의 깨진 소주병을 바닥에 집어 던졌다.

"야, 너 만약에 내 머리 깠으면 깽값 물어야 해. 너희 엄마 빌딩 청소한다며? 월급 몽땅 꼬라박을래? 저게 뭘 알고 저러는 건지…… 어휴, 저 꼴통!"

"기다려. 또 올 테니까."

"저게 진짜, 야! 너 사람이 어떻게 죽는지 알아? 한순간에 그냥 훅 가! 평생 교도소에서 썩을래?"

"그럼 네가 한 방에 훅 보내주든가!"

주희가 말도 안 되는 소리를 아무렇게나 툭툭 던지자 학선이는 질렸다는 듯 손을 내저었다. 빨리 데리고 가라는 뜻이었다. 나는 주희의 등을 떠밀며 그 방을 나왔다.

거리는 네온사인과 상점의 불빛으로 환했다. 주희는 아무 말 없이 그냥 걸었다. 그러다 갑자기 걸음을 멈추고는 허공에 대고 악다구니를 쳤다. 그러다 가로수를 발로 걷어차고는 제 발을 부여잡고 주저앉았다.

"그러면 좀 낫냐?"

"안 그러면 더 힘드니까."

"그러지 마."

"……."

"아까 너희 학교 갔다 왔다. 형진이 만나서 네 얘기 다 들었어……."

"!"

주희는 움찔하더니 다시 걷기 시작했다. 버스 정류장엔 사람들이 북적거렸다. 퇴근하는 회사원들은 술집, 밥집, 고기 집으로 우르르 몰려갔다.

우리는 버스 정류장 벤치에 앉았다. 거대한 버스가 사람들을 집어삼킨 괴물처럼 으르렁거리며 왔다가 크르렁거리며 지나갔다.

"우리가 먹음직스럽지 않은가 봐. 그냥 가네. 하긴 우린 불량식품이니까."

주희가 중얼거렸다.

"왜 그랬어?"

"뭘?"

"투신."

"돌대가리. 넌 그게 이해가 안 돼? 면도날처럼 이 세상에 균열을 내고 싶다며?"

"소문이 너무 많으니까…… 그날 실제로 무슨 일이 있었는지 얘기해줄래?"

주희는 초점 없는 시선으로 자기 운동화를 내려다보며 중얼중얼 말하기 시작했다.

"수정이하고 옥상에 있었어. 운동장에선 체육 수업이 있었지. 체육 선생이 선착순을 시키고 있었어. 애들이 우르르 뛰는 거야. 먼저 들어온 한 명이 체육 선생 앞에 쪼그려 앉아. 그러면 나머진 또 선착순 한 명이 되기 위해 축구 골대까지 뛰는 거야. 체육 선생은 정말 잔인하게 끝까지 선착순을 시키더라. 너도 선착순 해봐서 알지? 목구멍이 찢어지게 아프고 구역질이 나고 하늘은 노랗게 변해. 다리는 천근만근 무거워지지. 그래도 먼지 구덩이 속을 뛰는 거야. 죽어라 뛰고 또 뛰는 거야. 그걸 옥상에서 보고 있는데 갑자기 구역질이 확 나더라. 유치원 때부터 지금까지 우린 늘 선착순을 하면서 달려왔어. 선두의 한 명이 되기 위해서. 근데 모두가 한 명이 될 순 없잖아. 나머지에 속한 우리는 죽어라 굴러야 돼. 일등을 해봤자 고작 체육 밑에 쪼그려 앉는 건데 말이야. 그때 우리 눈에 들어온 건 운동장 너머의 강이었어. 강은 너무 평화롭게 흐르고 있었어. 나무들은 바람에 낙엽을 떨어뜨리고 있었지. 그때 수정이가 그러더라. 우린 졸업해도 계속 경쟁해야겠지? 죽을 때까지 말이야."

"……."

"그때 우린 서로 손을 잡고 일어섰어. 누가 먼저랄 것도 없이 우린 말하지 않아도 마음이 통했어. 정말 웃기는 이 세상, 그냥 떠나자고…… 그때 우린 다 써버린 치약 같은 기분이었어. 더 이상 나올 게 없는데 밑에서부터 꾹꾹 눌러서 마지막 남은 한 방울까지 쥐어짜내려는 학교가 싫었어. 이 세상이 싫었어."

"……."

"근데 정말 웃기지? 옥상에서 떨어지는 그 짧은 순간에 죽는 게 무섭다는 생각이 들더라. 아, 이게 아니다 싶은 거야. 살고 싶다는 생각이 들었어. 내 몸이 땅바닥에 처박히고 정신을 잃었다가 눈을 떴는데 피를 흘리고 있는 수정이 얼굴이 보였어. 그때 난…… 죽은 게 내가 아니라…… 다행이라는 생각이 들었어."

"……."

주희의 목소리가 떨리고 있었다. 눈가가 촉촉하게 젖어 있었다.

"그리고 언제부턴가 꿈에 자꾸 수정이가 나타나더라. 너 혼자 살아서 좋으냐고……."

"!"

나라도 그랬을 것 같았다. 혼자 살아났다는 죄책감 때문에 자기를 학대하고 함부로 막 살겠다는 생각을 할 수도 있을 것 같았다. 아빠를 해고하고 용역 깡패를 불러 폭행한 자들에게 복수도 하고 싶었을 것이다. 아빠도 치열한 경쟁에서 밀려난 불쌍한 인생으로 보였을 것이다. 그러나 또 한편으론 죽고 싶어 하는 애들에게 죽음이 답이 아니라는 것을, 살아 있다는 것이 얼마나 좋은 것인지를 가짜 약을 팔아서라도 느끼게 해주고 싶었을 것이다. 날마다 희망을 붙들려고 애썼을 것이고, 또 그럴 때마다 우울해졌을 것이다.

그날 밤 나는 꿈을 꾸었다. 나는 사방이 모두 눈과 얼음으로 뒤덮인 남극에 있었다. 사람이라곤 나 혼자 뿐이었다. 혼자여서 좋았다. 쓸쓸한 것도 견딜 만했다. 펭귄은 수백 수천 마리가 있었지만, 그들 가운데 서열은 없는 것 같았다. 그런데 펭귄 한 마리가 뒤뚱뒤뚱 걸어왔다.

우리도 약한 놈은 죽어.

추위와 싸워 이긴 놈만 살아남은 거야. 우린 다 경쟁에서 살아남은 펭귄이야. 약한 녀석들은 저쪽에 있지.

펭귄이 짧은 팔로 가리키는 곳에는 수천수만 마리 펭귄들의 사체가 버려져 있었다.

강이 평화롭게 흐른다고? 얼음을 통과하지 않고 흐르는 강은 없어.

펭귄이 께륵께륵 웃어대기 시작했다. 나를 조롱하는 것만 같았다.

나는 무작정 달아났다. 뛰고 또 뛰었다. 그러자 나무 한 그루가 나타났다.

낙엽이 멋있으라고 떨어지는 줄 알아? 나무는 자기가 죽지 않으려고 잎을 말려서 떨어뜨리는 거야. 자기가 살기 위해 자신의 일부를 버려야만 하는 비극성, 그게 낙엽이야.

꿈에서 깬 나는 자전거를 타고 강변을 달렸다. 목구멍이 찢어지도록 숨이 가쁠 때까지 페달을 밟았다. 시속 40킬로미터. 60킬로미터로 달려도 내가 바람을 찢는 건지, 바람이 내 뺨을 후려치는 건지 알 수 없었다. 세상에 균열을 내고 싶다는 내 바람은 어쩌면 나를 파괴하는 바람은 아닐까? 내가 바람의 틈을 벌리고 달리면 바람은 다시 봉합된다. 내가 지나간 흔적도 없이.

주희를 다시 만났다. 커피 향기가 진동하는 커피 전문점 3층 창가 자리였다. 주희는 진한 화장을 하고 짧은 치마를 입고 있었다.

"화장이 좀 센대?"

"나 말이야. 세상이 끝까지 경쟁을 원한다면 까짓 거 해주기로 했어. 난 머리는 안 되지만 얼굴은 되거든. 얼굴과 몸매는 내 무기야. 그러니까 내 무기를 잘 다듬어야지. 안 그래?"

"그 무기로 뭘 할 건데?"

"그건 차차 생각해봐야지."

"뭐야? 그 허술한 대답은……."

나는 주희를 데리고 밖으로 나와 처음 만났던 다리 위로 갔다.

"내놔."

나는 주희에게 손을 내밀었다.

"뭘?"

"짝퉁 주민등록증!"

"왜?"

"빨리!"

나는 주희가 머뭇거리며 내미는 주민등록증을 받아 들고 난간 밖으로 손을 쭉 뻗었다. 주희가 짙은 화장으로 두 배는 커진 눈을 동그랗게 떴다.

"아무튼 잘 살자. 죄책감 같은 거 느끼지 말고 복수를 하든, 사기를 치든, 세상에서 도망치지 말고 맞짱 뜨면서 살자. 적어도 짝퉁으론 살지 말자. 죽지도 말자."

"다 좋은 말인데…… 어떻게 해야 잘 사는 건데?"

"그건 나도 모르지."

"뭐야, 그 허술한 대답은……."

나는 손가락을 벌려 주민등록증을 떨어뜨렸다. 주민등록증은 몇 번이나 몸을 뒤집고 펄럭이며 떨어졌다. 나는 주희와 난간에 기대어 오랫동안 그 모습을 지켜보았다.

날개가 하나뿐인 새가 허공에서 미친 듯이 날갯짓을 하고 있다. 그 새는 다른 새처럼 날지 못한다. 하지만 만일 어제는 1초를 날았는데 오늘은 2초를 날았다면 그 새는 자기와의 경쟁에서 승리한 것이다.

_신이걸

# 매일 수상한 학교

미래의 어느 날.

히말라야의 설산에서 눈사태에 파묻혀 냉동된 인간 몇 명이 발견되었다. 그들은 각각 신석기 시대, 청동기 시대, 철기 시대, 고대·중세 시대에 살았던 사람들이었다. 미래의 과학자들은 발달한 생명공학 기술을 이용하여 그들을 되살려놓았다. 그들은 각각 자기가 살았던 시대에 대해 동일한 내용을 진술했다.

"우리 시대엔 침략과 약탈 전쟁이 있었고, 부자가 가난한 자를 괴롭혔으며, 종교는 타락했고, 정의는 폭력 앞에 무릎 꿇었고, 사랑은 깨지고, 인간은 저마다 외로웠다."

시대는 달라도 본질은 항상 똑같다. 더럽고 추한 역사가 무한 반복되는 것이다.

_항보

유랑이라는 아이가 전학을 왔다. 2학년 2학기가 끝나갈 무렵의 전학이란 좀처럼 없는 법이어서 아이들은 모두 유랑이를 주목했다.

키는 150센티미터를 조금 넘었고, 깡마른 체구에 얼굴도 까무잡잡했다. 훅 불면 넘어질 것 같은 왜소한 체구에 짧은 머리는 자칫 남자 중학생으로 오해하기 딱 좋았다.

대전 어디서 학교에 다니다 왔다고 하는데 보나 마나 왕따로 따돌림을 당했거나 집단 폭력을 당하고 견디다 못해 도망쳐온 게 틀림없다고 생각했다.

아니나 다를까, 아이들은 유랑이를 슬슬 건드리기 시작했다. 고3이 머지않았다는 불안감과 공부에 대한 스트레스로 아이들은 저마다 터지기 직전의 압력 밥솥 같은 상태였다. 무시하는 말을 던지거나 일부러 툭 치고 지나가거나, 발을 걸어 넘어뜨리기도 했다.

그런데 유랑이는 그럴 때마다 아무렇지도 않은 듯 애써 태연한 척했다. 못 들은 척하거나, 그냥 웃고 넘어가거나, 툭툭 털고 일어났다.

아이들의 괴롭힘의 수위가 날로 높아졌다. 유랑이의 식판을 일부러 건드려 바닥에 쏟기도 하고, 가방을 창문 밖으로 던지기도 했다.

그래도 유랑이는 그까짓 것쯤은 아무렇지도 않다는 듯 태연하게 웃으며 넘어가려 했다. 나는 그런 장면을 목격할 때마다 화가 났다. 마음 같아선 유랑이를 도와주고 싶었지만 선뜻 나서지 못하는 나한테도 화가 났다.

그러던 어느 날이었다. 시험을 망쳤다며 인상을 구기고 있던 여자 애들이 걸레를 유랑이 얼굴에 던졌다. 시커먼 물이 질질 흐르는 걸레가 유랑이 얼굴을 닦으며 흘러내렸다. 순간 정적이 흘렀다. 하지만 잠시뿐 아이들은 아무 일도 없었다는 듯 다시 청소를 하기 시작했다.

그때였다. 유랑이가 이제까지와는 달리 빗자루를 내려놓고 그 애들에게 자박자박 걸어갔다. 유랑이는 그 애들 앞에서 자기 교복의 소매를 쭉 걷어 올리고 팔뚝을 내밀었다. 담뱃불로 지진 흉터가 징그럽게 드러났다.

"나한테 이런 짓을 한 애들이 있었어. 그래서 내가 어떻게 했을 것 같니? 배로 갚아줬지. 깨진 어항 조각으로 얼굴 그어준 애도 있고, 염산을 확 뿌려준 애들도 있어. 한번 또 해볼까? 근데 너희들 중딩도 아니잖아?"

"!"

아이들은 겁을 먹었다. 반신반의하는 애도 있었지만 그날 이후부터는 아무도 유랑이를 건드리지 않았다.

점심시간, 여전히 형편없는 식단표대로 부실한 반찬들이 식판을 채웠다. 이걸 보는 순간 나는 항보 생각이 났다. 항보가 별짓을 다했지만 조금도 변한 게 없었다. 과연 낙숫물은 바위를 뚫을 수 있을까? 불의는 일상으로 저질러지고 정의는 어쩌다 한 번 간혹 승리할 뿐이다.

그때 유랑이가 입술을 삐죽거리며 숟가락으로 식판을 탁탁 쳤다.

“이 학교 이사장은 아주 돈독이 올랐구먼. 야, 신이걸! 우리 인터넷 신문 하나 만들자. 신문 이름은 『매일 수상한 학교』 어때? 난 편집장 하고 넌 기자! 학교 재단 비리를 다 까발리는 거야. 어때?”

“그거 쉬운 일 아냐.”

내가 시큰둥하게 대꾸하자 유랑이는 혀를 끌끌 차더니 내게 말했다.

“무슨 남자가 이렇게 패기가 없냐? 학교가 무슨 동물 사육장이야? 다들 병든 닭처럼 비리비리 해갖고…… 야! 걱정 마. 내가 책임질게.”

나는 유랑이가 어떤 아인지 점점 더 궁금해졌다. 어딘지 모르게 항보가 생각나는 아이였다.

언제부턴가 매일 아침 학교 정문 앞에는 고릴라 형, 아니 고릴라 최강욱 선생님이 일인 시위를 하고 있었다. 그런데 일반적인 시위 모습과는 좀 달랐다. 피켓을 들고 서 있는 게 아니라 고릴라 버스를 가져와 교문 앞에 세워놓고 앞에는 파란 플라스틱 탁자를 펼쳐놓고 있었다. 버스 옆면에는 현수막이 붙어 있었다.

〈고릴라 샘의 무료 학습지도〉

〈인생 고민 상담 대환영! 〉

처음에 아이들은 학원 홍보 차량이라고 생각했다. 그러나 시간이 지나면서 고릴라 샘이 우리 학교 선생님이었으며, 학교 재단 비리를 폭로하다 해직되었다는 사실도 알게 되었다. 그리고 학원버스 차량을 자신의 강의실 삼아 학생들을 만나려 하고 있다는 것도 알게 되었다.

며칠이 지나도 아무도 고릴라 샘에게 다가가는 아이는 없었다. 그랬다가 공연히 학교에 찍히기라도 할까 봐 겁이 났기 때문이었다.

"안 힘들어요?"

"힘들지."

"언제까지 할 건데요?"

"끝까지."

그렇게 고릴라 샘은 꿋꿋하게 매일 그 자리에 나왔다. 나는 뜨거운 캔 커피를 사서 파란 테이블 위에 올려놓고 교문으로 들어가곤 했다.

그런데 오늘은 좀 달랐다. 고릴라 샘 앞에 유랑이가 나타났다. 한참 동안 뚫어지게 고릴라 샘을 보고 있더니 문방구로 들어갔다. 유랑이는 커다란 스케치북을 사서 매직펜으로 굵직굵직하게 썼다

스트리트 티쳐 고릴라 샘, 힘내세욥!

격하게 지지합니다!

유랑이는 스케치북 피켓을 들고 고릴라 샘 옆에 가서 섰다. 무심히 지나치던 아이들이 힐끗거리며 유랑이를 쳐다보았다. 유랑이를 물끄러미 보던 고릴라 샘이 자기 목도리를 풀어 유랑이 목에 감아주었다.

"십 분만 있다가 들어가."

그러자 유랑이가 말했다.

"오 분만 있다 갈 건데요?"

수업이 끝나자 유랑이가 나를 불렀다. 긴히 할 얘기가 있다

며 학교 근처에 있는 세미나 전용 카페 '여우의 화원'으로 데려 갔다. 유랑이는 우리들의 문제를 우리들의 목소리로 말하는 고교 인터넷 신문 『매일 수상한 학교』를 만들자고 했다.

"나, 해직 기자야."

"뭐?"

"전에 있던 학교에서도 신문 만들어서 학교 비리 까발리다가 짤렸어."

"퇴학?"

"제발 전학 좀 가달라고 사정을 해서 말이지. 내가 엄청 무서웠던 거지."

"근데 우리 학교에서는 받아줬다고?"

"전에 있던 학교에서 거짓말 친 거지. 그냥 소심한 왕따였다고. 나도 굳이 말할 필요가 없었고. 왜냐하면 이 학교의 문제도 파헤쳐야 하니까. 내 신분을 미리 노출할 필요는 없잖아?"

유랑이는 꿈이 기자라고 했다. 벌써 우리 학교의 문제점을 세밀하게 취재해놓았으며, 고릴라 샘한테도 꼭 글을 받아야 한다고 했다. 이쯤 해서는 나는 유랑이의 제안을 받아들이지 않을 수 없었다.

다음 날 우리는 고릴라 선생님을 만나러 갔다. 그런데 고릴라 버스가 붉은 페인트로 범벅이 되어 있었다. 고릴라 선생님은 앞 유리창까지 뒤덮인 페인트를 긁어내고 있었다. 누가 봐도 학교 측에서 사주한 일이 분명했다. 유랑이가 중요한 사진이라며 카메라로 만신창이가 된 고릴라 버스를 찍어댔다.

우리는 고릴라 선생님에게 인터넷 신문을 만든다는 얘기를 했다. 그리고 재단 비리를 폭로하는 글을 써줄 수 있겠는지 물었다. 만약 써준다면 그건 확실히 복직을 포기한다는 것과 같았다. 고릴라 선생님은 깊은 생각에 잠겼다가 결심한 듯 말했다.

"옳은 일을 할 때에도 대가를 치러야 한다는 건 알고 있냐?"

"네!"

"써주마."

담임이 나를 상담실로 불렀다. 담임은 손가락으로 귀를 후비다가 이맛살을 찌푸리고는 지휘봉으로 책상을 탁탁 쳤다. 그러고는 의자에 등을 붙이고 축 늘어지게 앉았다가 벌떡 일어나 자세를 고쳐 앉으며 나를 뚫어지게 노려보았다. 그리고 마침내 입을 열었다.

"어제 이사장님이 부르시더라. 바짝 쫄아서 갔지. 그랬더니 인터넷 신문인지 뭔지 만들어서 전국적으로 학교 개망신을 주겠다는 녀석이 있다는데 당신 뭐하는 사람이야? 그러시더라."

"!"

"누군 뭐 눈도 없고, 귀도 없고, 배알도 없는 줄 아냐? 교문

밖에서 생난리 치고 있는 고릴라 최 선생, 다들 뜨거운 커피라도 한 잔 갖다주고 싶은 마음이 굴뚝같지만 아무도 그렇게 못해. 왠지 아냐? 밥줄이 걸렸으니까. 그게 세상이니까!"

"!"

"너 이사장님 파워가 얼마나 대단한지 모르지? 이번엔 의지가 단호하시다. 내 말 무슨 뜻인지 알아들어? 세상은 호락호락한 게 아냐. 그렇게 단순한 용기로 항의해서 변할 것 같으면 벌써 변했지."

"……."

"그만둬라."

"……."

그리고 담임은 일어나 창밖을 보며 혼잣말로 중얼거렸다.

"아, 쪽팔려 죽겠네."

항보가 느꼈을 어떤 단단한 벽과 처음으로 맞부딪친 느낌이었다. 고릴라 선생님이 말했던 대가라는 말도 떠올랐다. 어떤 보이지 않는 손이 나를 향해 다가오는 듯한 께림칙한 기분이 들었다. 하지만 한번 작정한 이상 시작해보기도 전에 멈출 순 없었다.

오후 수업 시간에 창기가 교실 뒷문으로 들어왔다. 수업 중이던 담임은 창기의 동선을 따라 계속 눈알을 굴리며 못마땅한 시선으로 노려보았다. 창기는 가방을 던지고 책상에 철퍼덕 엎드려 자기 시작했다. 심지어 코까지 골았다. 담임이 창기의 등을 지휘봉으로 쿡쿡 찔렀다.

"일어나!"

창기가 부스스 몸을 일으켰다. 눈은 반쯤 감겨 있었다.

"네가 대학생이냐? 왜 수업 시간에 맘대로 들락날락하냐?"

창기는 주머니에 손을 찔러 넣은 채 좁은 책상 아래로 다리를 쭉 폈다. 게슴츠레하게 뜬 눈으로 뭔가 생각하는 듯하더니 가방을 어깨에 둘러메며 벌떡 일어났다. 그리고 교실 뒷문으로 걸어갔다.

"야! 너 어디가? 거기 안 서?"

"……."

"앉아."

"……."

"지금 나가면 결석 처리할 거야. 그럼 너 출석 일수 모자라 졸업 못 해!"

"졸업시키든가 말든가!"

창기는 짜증 난다는 듯 교실 문을 쾅! 소리가 나게 닫고 나가 버렸다.

담임 얼굴은 화산을 삼킨 듯 얼굴이 빨개져서 붉그락푸르락

했다. 나는 재빨리 창기 뒤를 따라 뛰어갔다. 담임은 그래 네가 가서 잡아와라 하는 표정이었다.

"창기야!"

나는 창기를 붙잡고 비상계단 모퉁이로 갔다. 그래도 졸업은 해야 하지 않겠냐고 창기를 설득했다. 그러자 창기가 피식 웃었다.

"나도 그러려고 했는데 좀 힘들겠다."

"왜?"

"나 요즘 스턴트맨 훈련받는 중이거든. 온몸이 멍들고 쑤시고 죽겠다. 어제도 밤새 연습하고 아침에 잠깐 눈 붙이고 나온 거야. 그래도 학교라고 기어들어 왔는데…… 또 연습하러 가야 돼. 나중에 진짜 스턴트맨 되면 오토바이 액션은 내가 다 할 거다."

창기는 내 어깨를 툭툭 치고 축 늘어진 가방을 어깨에 둘러멘 채 흐느적이듯 계단을 내려갔다.

"야, 그거 졸업하고 하면 안 돼?"

"나 돈 벌어야 돼!"

창기는 계속 걸어가면서 뒤도 돌아보지 않고 가운데 손가락을 번쩍 치켜들었다. 엿 먹으란 소리였다.

방과 후 나는 유랑이의 호들갑스런 전화를 받았다. 빨리 진욱이가 입원해 있는 병원으로 오라는 전화였다.

병원에 도착하자 유랑이가 복도에서 입술에 손가락을 대며 병실 안쪽을 가리켰다.

병실 안에는 진욱이가 누워 있는 침대가 보였다. 그리고 그 머리맡에 앉아 속삭이듯 책을 읽어주고 있는 창기가 보였다. 폭주족이었던 창기가, 더듬거리며 시집을 읽어주고 있었다. 진욱이의 귀에 들릴 거라는 간절한 마음으로.

"저렇게 책을 읽어주고 말을 걸어주면 진욱이가 빨리 깨어날 수도 있다고……."

"차, 창기가? 창기 성격에?"

"지난봄부터 그랬대. 거의 매일 하루도 안 빠지고 저렇게 계속……."

"!"

"처음엔 창기가 아무리 울고불고 무릎 꿇고 용서를 빌어도 진욱이 엄마가 병실에 발도 못 들이게 했지만 결국엔 창기의 진심을 알고 허락했대."

창기가 다시 보였다. 우리는 모두 진욱이를 잊고 있었다. 사실, 진욱이 사건은 어찌 보면 창기만의 죄는 아니었다. 빨리 진욱이를 챙기지 못한 우리 모두의 잘못이었다. 창기는 이런 식으로 혼자 그 죗값을 치르고 있었던 것이다.

"근데 어떻게 알았어?"

"기자가 꿈이라니까. 진욱이 취재하러 왔다가 창기를 발견하고 얼마나 가슴이 뛰었는지 몰라. 어때? 훈훈한 기사가 될 것 같지 않니?"

"응."

"창기가 스턴트맨이 되려는 것도 액션이 좋아서라기보다 빨리 돈 벌어서 진욱이 병원비에 보태려는 거였대. 진욱이 어머니도 이젠 버틸 힘이 없다고 우셨대."

나는 밤을 꼬박 새워 창기와 진욱이에 대한 기사를 썼다. 기사를 쓰면서 계속 항보 생각이 났다. 항보가 더 눈여겨봐야 했던 것이 바로 이런 게 아니었을까? 항보가 창기 얘기를 들었다면 그래도 이 세상엔 아직 희망이 남아 있다고 말하지 않았을까?

며칠 후, 나는 유랑이와 함께 '여우의 화원'에서 편집회의를 마치고 고릴라 선생님에게 원고를 받으러 갔다. 달이 휘영청 밝은 밤이었다.

고릴라 버스 옆에 승용차가 한 대 서 있었다. 이사장의 차였다. 나와 유랑이는 동시에 뭔가 불길한 예감이 스쳐 지나가는 것을 느끼고 숨을 죽였다.

고릴라 버스 안에 누군가 타고 있는 것 같았다. 우리는 발소리를 죽여 버스 옆으로 다가갔다. 순간, 버스 문이 열리고 누군가 차에서 내렸다.

이사장과 행정실장, 그리고 고릴라 선생님이었다. 이사장이 먼저 자기 승용차에 탔다. 행정실장이 차에서 종이 가방을 하나 꺼내더니 고릴라 선생님에게 내밀었다. 고릴라 선생님이 받지 않고 장승처럼 서 있자, 행정실장이 버스 안에 종이 가방을 넣었다. 행정실장이 고릴라 선생님의 어깨를 툭툭 치고 승용차의 운전석에 앉았다. 순간, 고릴라 선생님이 버스에서 종이 가방을 꺼내더니 승용차를 가로막고 섰다. 고릴라 선생님은 승용차 문을 열고 종이 가방을 밀어 넣었다. 이사장과 행정실장의 표정이 싸늘하게 변했다. 승용차가 떠나자 고릴라 선생님은 휘청거리며 버스로 돌아갔다.

"뭐지?"

"뭐긴 뭐야? 돈으로 매수하려는 거잖아."

유랑이가 조금 전의 모습을 찍은 동영상을 되돌려 보며 말했다.

그사이 고릴라 버스가 시동을 걸고 출발했다. 우리는 고릴라 선생님의 집을 향해 뛰었다. 학교에서 뇌물로 매수하려 했다는 것은 빅뉴스였다.

고릴라 선생님이 살고 있는 옥탑방 건물 앞에 고릴라 버스가 보이지 않았다. 먼저 출발한 버스가 오지 않아 좀 이상했지만 우리는 일단 올라갔다.

옥상 바닥에 빨래들이 마구 흩어져 널려 있었다. 거미줄처럼 깨진 쪽문 유리창은 청 테이프로 덕지덕지 발라져 있었다.

쪽문을 흔들자 문이 열렸다. 고릴라 선생님은 보이지 않고 어떤 할머니가 보였다. 할머니는 엎어진 밥상에서 떨어진 김치와 밥풀들을 손으로 뭉개고 있었다. 그러다 천진난만한 아이처럼 김칫국물이 범벅이 된 손으로 얼굴을 문지르며 해맑게 웃었다.

"누, 누구세요?"

우리는 할머니에게 물었다.

"우리 어머니다. 인사해라. 어머니, 내가 아끼는 제자예요."

고릴라 선생님이 뒤에서 나타났다. 할머니는 우리 쪽을 한번 쳐다보더니 아무 관심도 없다는 듯이 하던 장난을 계속했다.

고릴라 선생님의 입에서 술 냄새가 확 풍겼다. 손에는 검은 비닐봉지가 들려 있었다.

"들어와."

고릴라 선생님이 방 안으로 들어갔다. 우리는 엉거주춤 머뭇거리며 따라 들어갔다.

"어머니, 저 왔어요. 순대 사 왔어요. 좀 드세요."

"순대?"

할머니가 순대를 손으로 집어 먹다가 고릴라 선생님에게 불쑥 내밀었다. 고릴라 선생님이 입으로 받아먹었다. 그리고 비닐봉지 속에서 커다란 자물쇠를 꺼냈다.

"어머니, 죄송해요. 내일부턴 밖에서 문 잠그고 나가요. 불편해도 좀 참으세요."

고릴라 선생님의 눈자위가 빨갰다.

"어떻게 된 거예요?"

"치매야……."

우리가 묻자 고릴라 선생님이 애써 웃으며 말했다. 그때 할머니 표정이 변했다. 쉬했다는 찡그린 표정과 몸짓에 우리는 방에서 나왔다.

잠시 후 고릴라 선생님이 나왔다. 고향에 혼자 계시던 노모를 돌볼 수 있는 사람이 없어서 모시고 왔다고 했다. 우리는 가슴이 철렁했다. 아니, 가슴이 아렸다.

"요양원이나 간병인 구하려면 돈 많이 필요하시잖아요."

"네가 걱정할 일이 아냐."

"왜 안 받으셨어요?"

"봤냐?"

"네……."

"다들 처음엔 그렇게 시작했을 거다. 돈 때문에, 가족 때문에…… 어쩔 수 없이…… 그렇게 하나둘 핑계 대기 시작하다가 자기도 모르게 괴물이 되는 거지."

"할머니는 어쩌고요?"

"어머니도 내 핑곗거리가 되기를 원치는 않으실 거야."

"!"

"난 선생이다. 내 강의실은 저 버스라고……."

"고릴라 선생님!"

"이걸아, 내가 학교로 돌아가려는 이유가 뭔지 아니? 먹고 살 밥그릇 때문이 아니야. 정의는 반드시 회복된다는 걸 보여 주려는 거야."

"……."

"원고나 가져 가."

희뿌연 하늘에서 먼지처럼 흰 눈이 하나둘 내리기 시작했다. 우리는 서로 아무 말 없이 눈발만 바라보았다.

"야, 그런 일이 있으면 우리한테 얘길 해야지."

영일이와 아라가 치즈 케이크를 나눠 먹으며 말했다. 아라는 학교 서버를 해킹하면 간단하게 끝날 일이라고 했다. 우리는 만약을 위해서 고릴라 선생님의 글은 보관해 두기로 하고 학교 서버를 뒤지기로 했다.

사흘 뒤, 아라는 학교 서버에 침투하여 회계 자료와 각종 문서 자료들을 뽑아냈다. 항보가 실패했던 그 자료들을 보는 순간 나는 탄성을 질렀다. 마치 낙숫물이 바위를 뚫은 것 같은 기분이었다.

영일이는 인터넷 신문 『매일 수상한 학교』 홈페이지를 만들었다. 우리는 그 증거 자료들과 고릴라 선생님에게 돈 봉투를 주고 학교 앞에서 사라져 줄 것을 요구하다 거절당하는 장면이 담긴 동영상도 올렸다.

창기와 진욱이의 사연도 올렸다. 많은 아이들이 릴레이로 한 사람이 30분씩 진욱이의 병실에서 책을 읽어주는 자원봉사에 참여했다. 병원비에 보태라고 성금을 보내주는 사람들도 생겨났다.

가끔 진욱이의 손가락이 움직였다고 호들갑을 떨며 뛰어나오는 아이도 있었다. 우리는 그만큼 간절했고 그 순간만큼은 하나가 될 수 있었다.

나와 유랑이는 인터넷 신문을 삭제하고 반성문을 쓰라는 요구를 받았다. 근거 없는 자료로 인터넷 신문을 만들어 학교의 명예를 실추시켰다는 것이 이유였다. 동영상은 사람의 얼굴을 식별하기 곤란할 정도로 어두웠고, 서버에서 빼낸 자료는 임의로 만들 수 있는 가짜 자료라는 주장이었다. 우리는 반성문을 쓰지 않았다. 그리고 기꺼이 정학 처분을 받았다.

장판 밑에 모래알 하나가 들어가 걸리적거린다. 그러므로 이 방은 완전히 평탄하다고 말할 수 없게 되었다.

르상티망(Ressentiment). 부패한 자들의 승리는 인정할 수 없다. 너는 이 싸움에서 누가 이겼다고 생각하니?

_신이결

# 깊은 밤의 환상

인간은 우주다. 이 말의 뜻을 제대로 이해하고 있는 사람이 몇이나 될까? 진정으로 궁극의 해답을 얻기 원한다면 온몸으로 삶의 벽에 부딪쳐라. 그러면 나와 같은 결론에 도달할 것이다.

_항보

그날 밤의 이야기를 하지 않을 수 없다. 수은주가 영하 15도로 떨어진 한파로 전국이 꽁꽁 얼어붙은 밤이었다. 나는 책상에 앉아 항보의 블로그를 보고 있었다.

그때 뒤에서 인기척이 느껴졌다. 뒤를 돌아보니 엄마가 내

침대에 걸어앉아 나를 물끄러미 바라보고 있었다.

"깜짝 놀랐잖아. 언제부터 거기 있었어?"

"아까부터……."

엄마의 표정은 정말 지치고 힘들어 보였다. 말 한마디를 할 기운도 없어 보였다. 어딘가 슬퍼 보이는 얼굴. 말하지 않아도 표정이 다 말하고 있었다. 엄마는 내가 언젠간 정신을 차릴 거라 믿고 꾹꾹 눌러 참고 있었을 것이다. 하지만 성적은 곤두박질쳐서 다시 오를 줄을 모르고 급기야 정학까지 당했으니 엄마로서는 하늘이 무너지는 것 같았을 것이다.

엄마는 무언의 표정으로 나를 질책하며 깊은 한숨을 쉬고는 방을 나갔다. 나는 숨이 턱 막혔다. 엄마 마음은 말하지 않아도 안다. 내게 무엇을 원하는지. 나는 잠시 멍해져서 아무것도 할 수 없었다.

바로 그때 아빠가 거칠게 방문을 열고 들어왔다. 술 냄새가 확 풍겼다. 그러고 다짜고짜 아빠는 내 뺨을 후려쳤다. 나는 너무 놀라 정신이 번쩍 났다. 아빠는 거친 숨을 몰아쉬며 시뻘건 눈을 부라렸다. 사냥터에서 막 돌아온 거친 사자 같은 모습이었다. 하지만 아빠는 패배한 사자 같았다. 자신의 무능력에 화가 나서 폭발하기 직전의 모습. 아빠는 내게 소리쳤다. 정신 똑바로 차려라. 부모가 너 하나 믿고 밖에서 얼마나 고생을 하는지 아느냐. 온갖 더러운 꼴 다 참아가며 남의 눈치 봐가며 아니꼬운 놈들에게 개처럼 꼬리 치면서 겨우 벌어온 피 같은 돈으로 먹이고, 입히고, 재우고, 학비를 대는 것이다. 생각이 있는 놈이라면 어떻게 이럴 수가 있느냐 등등.

나는 나대로 아빠에게 반항했다. 공부만 하느라 친구가 죽는 줄도 몰랐다. 기껏 공부해서 대학만 가면 다냐, 사회에 나가면 아빠가 말한 것처럼 온갖 더러운 꼴을 보면서 살아가야 할 텐데 그런 세상이라면 공부는 해서 무엇 하느냐, 이런 세상에 살아 있다는 건 자랑이 아니라 수치다. 그날 밤 항보가 죽은 건 내 책임이면서 동시에 아빠의 책임이다, 등등.

아빠의 눈동자가 더욱 커졌다. 분노와 허탈이 교차하면서 다리의 힘이 풀렸는지 털썩 침대에 주저앉았다. 나는 무작정 방에서 뛰쳐나왔다.

엄청나게 추운 칼바람이 몰아치고 있었다. 아무리 옷깃을 여며도 바람이 소매로, 목덜미로 파고들었다. 사람들은 증기기관차처럼 입김을 뿜어대며 바삐 걸어갔다. 늦은 버스에서 내리는 사람이나, 푸르스름한 형광등 불빛의 차창에 머리를 기대고 잠들어 있는 사람이나, 거리의 붕어빵 장수나, 다들 마치 시베리아 형무소에 끌려온 죄수들 같았다. 하루라도 일하지 않으면 밥을 굶어야 하고, 초라하고 비굴하게 불의와 타협해야 하고, 그러면서도 동료들을 누르고 이겨야만 하는 현대

판 검투사들. 고삐리부터 직장인, 늙은이까지 모두가 치열한 경쟁으로 내몰린 이 세상에 무슨 희망이 있는가. 역시 항보가 옳았다. 그런 생각을 하며 걷던 나는 어느덧 예의 편의점 앞에 도착해 있었다.

예가 갑자기 문을 열더니 만 원짜리 지폐를 편의점 문 밖에 뿌렸다. 동시에 거칠게 예를 밀치며 누군가 뛰어나와 흩어진 돈을 줍기 시작했다. 편의점 사장이었다. 사장은 돈을 주우며 예를 향해 상스런 욕을 해댔다. 예는 안에서 출입문을 잠갔다. 편의점 사장은 바람에 날아가는 만 원권을 따라 미친개처럼 달려갔다. 남은 한 장까지 모조리 주운 사장은 편의점으로 달려가 손바닥으로 문을 쳤다. 예는 꼼짝도 안하고 서 있었다. 잔뜩 화가 난 사장이 휴대폰으로 어딘가에 전화를 걸었다.

오 분쯤 지나 경비업체 차가 달려왔다. 사장의 지시로 경비업체 직원이 문을 땄다. 사장은 안으로 들어가자마자 예의 멱살을 잡고 욕을 하며 흔들었다. 그러고 강제로 편의점 문밖으로 끌고 나와 패대기를 치려고 했다. 나는 깜짝 놀라 편의점 사장에게 달려들었다. 몸싸움이 벌어졌다. 멀리서 경찰차 사이렌 소리가 들렸다.

나는 예와 함께 경찰서로 끌려갔다. 편의점 사장은 따라오며 계속 머리에 피도 안 마른 게, 싸가지가 없는 게 하면서 거친 욕을 해댔다. 예와 나는 함께 형사에게 조사를 받았다. 예는 조금도 흥분하지 않고 담담하게 방금 전까지 있었던 일을 이야기했다.

예는 편의점 사장이 월급을 안 주고 자꾸 미루는 것에 짜증이 잔뜩 나 있었다. 그때 편의점 안으로 노숙자가 들어왔다. 반경 3미터 정도는 넉넉히 악취를 풍길 것 같은 더러운 몰골이었고, 바깥 날씨는 너무 추웠다. 발목이 드러나는 짧은 바지에 껴입은 옷도 추위를 막기엔 턱없이 부족해 보였다. 노숙자는 복권 긁는 테이블 밑으로 들어가 몸을 웅크리고 있었다. 예는 500원을 현금계산기에 넣고 어묵 하나에 국물을 잔뜩 떠서 노숙자에게 주었다. 그때 사장이 들어왔다. 노숙자를 보더니 눈알을 부라리며 당장 내쫓지 않고 왜 놔 두냐고 예를 윽박질렀다. 이런 식으로 일을 하니 손님이 줄고 매출이 떨어지는 거 아니냐며 예에게 월급을 제때 주지 않은 이유가 있었다며 되지도 않는 소리를 했다. 사장은 빗자루를 들고 먼지 쓸 듯 노숙자를 툭툭 치며 빨리 나가라고 했다. 순간 예는 꼭지가 돌았다. 돈 좀 있으면 사람이 쓰레기로 보이냐며 사장에게 대들었다. 사장이 예에게 당장 나가라고 소리쳤다. 지금 내보내면 저 사람 얼어 죽는다고 좀 봐달라고 했지만 사장은 막무가내였다. 빗자루로 노숙자를 쓸어 내버리려고 하자, 예는 현금계산기 서랍을 열고 만 원짜리 지폐를 닥치는 대로 움켜잡았다. 그러고 편의점 출입문을 열고 밖에다 확 뿌렸다. 그 모습을 본 사장은 놀라서 돈을 주우러 밖으로 뛰어나갔다. 예는 문을 안에서 잠갔다. 그다음은 내가 본 것과 같았다.

"사람이 쓰레기예요? 왜 빗자루로 사람을 쓸어요? 오늘 같은 날에 내쫓으면 어떡하라고요. 하루쯤은 봐줄 수도 있는 거 아네요?"

예가 자기는 잘못한 게 없다고 형사에게 말하자, 사장은 예의 머리를 손가락으로 꾹꾹 찌르며 호통을 쳤다.

"남 도와주려면 네가 편의점 차려서 네 돈으로 도와줘. 왜 남의 돈 갖고 생색이야? 어쭈 뭘 째려봐?"

한바탕 옥신각신하고 있을 때였다. 사복형사 둘이 수갑을 채운 피 흘리는 남자를 끌고 들어왔다. 나와 예는 소스라치게 놀랐다.

이마에 피를 흘리고 있는 남자는 학선이였다. 와이셔츠는 찢겨졌고 구두에는 핏자국이 선명했다. 학선이를 끌고 온 형사는 골치 아프다는 듯 자기 자리에 털썩 주저앉았다. 형사가 수첩으로 학선이의 머리를 치며 조사를 시작했다. 학선이는 살기 어린 눈빛으로 입을 열기 시작했다.

오늘도 학선이는 용역회사에서 현장으로 출동했다. 낡은 상가 건물의 철거 현장이었다. 철거민들은 죽기 살기로 덤볐다. 가스통이 터지고, 용역은 불도저로 밀고, 각목이 난무하고 벽돌이 날아다녔다. 학선이는 정신없이 이리 뛰고 저리 뛰었다. 그때 학선이 눈에 임산부의 머리채를 끌고 가는 동료 선배들이 보였다. 학선이는 눈에 불똥이 튀었다. 그렇지 않아도 이게 뭐하는 짓인가 싶던 차였다. 임신한 여자를 개 패듯 패며 머리채를 끌고 가면서도 아무 거리낌 없이 낄낄거리는 용역들을 보는 순간 학선이는 눈이 돌아갔다. 이건 아니다! 그대로 달려가 선배의 아구창을 날렸다. 그리고 각목으로 마구 후려쳤다. 입에서는 개새끼란 욕이 쏟아져 나왔고 눈에선 눈물이 쏟아졌다. 잠시 후 학선이는 다른 동료들의 쇠파이프에 맞아 정신을 잃고 쓰러졌다. 깨어났을 땐 상황 종료였다. 형사들이 자기 혼자만 경찰차에 싣고 달리고 있었다.

"왜 나만 잡아와요? 나, 미성년자거든요? 불법 고용이거든요? 사장 새끼를 잡아 와야지 왜 날 잡아 오냐구요!"

학선이가 소리쳤다.

"시끄러 인마!"

형사가 골치 아프다는 듯 학선이의 입을 막았다.

잠시 후 예는 여자 유치장에 들어갔고 나와 학선이는 남자 유치장에 갇혔다. 학선이는 계속 쇠창살을 잡고 고함을 쳤다. 형사들에게 씨발놈들아, 욕을 하면서 왜 나만 잡아 가두냐고 난리를 쳤다.

제 풀에 지칠 때쯤 학선이가 돌아서서 벽에 등을 붙이고 앉았다. 나는 피식 웃었다. 학선이도 피식 웃었다.

"넌 왜 와 있냐?"

"그럴 일이 있어."

나는 학선이에게 엄지손가락을 세워주었다. 학선이는 좆됐다며 고개를 설레설레 흔들었다.

얼마 후 거짓말처럼 천재가 유치장으로 들어왔다. 나는 이게 무슨 일인가 싶었다. 동시에 나와 예, 학선이와 천재가 유치장에서 모이게 될 줄은 꿈에도 몰랐다.

"넌 왜 여기에……."

"그렇게 됐어……."

천재는 아직 흥분이 가라앉지 않은 얼굴로 유치장 벽에 등을 붙였다.

천재는 아버지의 골프채로 거실 유리창을 다 부수고 그것도 모자라 아버지의 BMW 승용차의 백미러까지 후려쳐 부쉈다고 했다.

"아빠가 석구를 개무시하잖아. 내가 집에 데려왔는데 석구 앞에서 이런 애랑 어울릴 틈이 어딨느냐고…… 그게 면전에서 할 말이냐?"

결국 천재 아버지는 아들을 경찰에 신고했다. 천재가 돈 고생을 안 해봐서, 배가 불러 개념이 없다며 이번 기회에 단단히 교육을 시키겠다고 별렀다.

"잘못했다고 빌어."

우리가 천재에게 말했지만 천재는 고개를 저었다. 이 세상에서 제일 싫은 사람이 아버지라고 했다. 돈으로만 사람을 평가하는 아버지 때문에 그동안 숨도 못 쉬고 살았다며 눈을 질끈 감았다.

밖에는 눈이 오고 있었다. 바람은 차가웠다. 밤이 깊어갈수록 우리는 각자의 생각에 잠겨 있었다.

자정쯤에 천재 엄마가 부티 나는 모양새로 잔뜩 꾸미고 경찰서로 찾아왔다. 형사들과 이야기를 주고받은 후 형사가 유치장 문을 열었다.

"정천재, 나와."

"안 나가요!"

천재는 버텼지만 형사가 들어와 강제로 끌고 나갔다. 천재는 고래고래 소리를 쳤다. 몸부림치는 천재의 발에 의자가 쓰러졌다.

얼마 후엔 학선이 엄마가 허둥대며 경찰서로 찾아왔다. 학선이 엄마는 등이 새우처럼 굽은 할머니의 모습이었다. 연신 형사들에게 잘못했다고 좀 봐달라고 울먹였다. 배운 게 없어서 못 먹이고 못 먹어서 그렇다며 사정을 했다. 보다 못한 학선이가 버럭 소리를 질렀다.

"난 잘못한 거 없으니까 굽실거리지 마!"

나는 몸이 으슬으슬 춥고 열이 났다. 내 앞에서 지금 벌어지고 있는 상황이 현실인지 꿈인지 구별이 되질 않았다. 어딘지 모르게 비현실적이란 느낌이 들었다.

이건 꿈이 아닐까?

집에서 뛰쳐나온 후 편의점을 가다가 내가 어디에 들렀었지? 놀이터였다. 항보가 자살했던 곳. 나는 그곳 벤치에 앉아 있었다. 그렇다. 이건 꿈이다. 꿈이 아니고서야 하룻밤에 우리가 한꺼번에 경찰서 유치장에 붙잡혀 올 까닭이 없다.

"조금 있으면 주희도 올 거야."

갑자기 항보의 목소리가 들렸다. 나는 새우처럼 웅크렸던 몸을 펴고 고개를 들었다. 맞은편 벽에 항보가 기대어 나를 바라보고 있었다.

"하, 항보야."

항보가 알 수 없는 미소를 지었다.

"아, 역시 꿈이구나. 근데 어디서부터가 꿈이지?"

"그건 중요하지 않아. 우린 모두 이 세상이라는 감옥에 갇혀 있다는 것만 알면 돼."

"세상이라는 감옥?"

"저기 주희 온다."

항보가 시선을 돌렸다. 정말로 주희가 형사의 책상 앞에 잡혀와 앉아 있었다. 형사의 책상 위에는 수면제 약통이 놓여 있었다. 왜 수면제라고 속여 약을 팔았느냐, 진짜 수면제를 판 일도 있지 않느냐며 주희를 추궁했다. 주희는 말없이 고개를 숙이고 앉아 있었다.

주희가 다니던 학교의 담임교사가 찾아와서 경찰에게 마구 화를 냈다. 이 학생은 퇴학했습니다. 나는 아무런 관련이 없는 애라고요. 부르려면 이 애의 부모를 부르세요. 하면서 주희를 흘겨보았다. 주희는 피식피식 웃었다. 예전 담임이 당황해서 화를 냈다.

"이제 두락이도 올 거야."

항보가 또 내게 말했다. 새벽 세시가 지나가고 있었다. 형사들은 아무렇게 늘어져 잠들고 건너편 유치장엔 예와 주희가 잠들어 있었다.

정말로 두락이가 유치장 안으로 불쑥 들어왔다. '언제 들어왔지?' 하며 내가 고개를 갸우뚱거리자 두락이가 어깨에 멘 기타를 앞으로 돌려 가볍게 줄을 튕기기 시작했다.

"음반 사업은 망했어. 록밴드는 정말 돈이 안 돼. 그래서 야간업소에 나가 원맨밴드를 했거든. 근데 하필 단속이 떴네? 그래서 끌려왔지 뭐……."

두락이가 기타를 튕기기 시작했다. 나는 열이 펄펄 나서 어지러웠다. 창밖엔 눈이 펄펄 날리고 있었다. 이런 일이 언젠가 전에도 있었던 것 같다는 생각이 들 때쯤이었다.

건너편 여자 유치장의 예가 폰을 꺼내 뭔가 쓰기 시작했다. 뭐하는 거냐고 묻자 예는 소설을 쓴다고 했다. 로맨스 소설 사이트에 연재를 빠지지 않고 해야 공모전에 응모가 되는 거라고 했다.

항보가 내 손을 잡고 일어났다. 우리는 어느새 눈 내리는 거리에 서 있었다. 사람들이 좀비처럼 걸어 다니고 있었다. 칼바람이 불었다.

앞에서 노숙자가 걸어오다가 푹 쓰러졌다. 나는 노숙자에게 달려갔다. 고개를 돌리자 그는 내 얼굴을 하고 있었다. 내가 소스라치게 놀라 뒤로 물러서자 항보가 저만치에 서서 희미하게 웃고 있었다.

"이 세상에 무슨 희망이 있다고 아직도 버티고 있는 거냐?"

겁쟁이, 비겁한 녀석, 항보의 입에서 메아리치는 단어들이 나를 따라왔다. 나는 마구 뛰었다. 돌부리에 걸려 넘어지면서 정신을 잃고 쓰러졌다.

깨어보니 내 방이었다. 책상에 엎드려 잠들었던 모양이었다. 침대에 엄마가 앉아 있었다. 나를 슬픈 눈으로 바라보고 있었다.

"이제 어떡할 거니?"

엄마가 물었다.

"뭘……?"

"정학……."

"꼭 다녀야 할까? 학교……."

내가 말했다.

밖에서 서성이며 눈치를 보던 아버지가 방으로 들어와 책꽂이에서 책을 한 권 꺼냈다. 스르륵 책장을 넘겨 보며 아빠가 말했다.

"너 그거 아냐? 아빠가 너만 할 때 헤르만 헤세에 미쳐서 죽고 싶단 생각을 한 적이 있었거든."

"아빠가?"

"좋은 약도 잘못 먹으면 독이 되는 법이야. 네가 무슨 고민을 하든 어떤 결정을 내리든 아빤 널 존중해줄 거야. 하지만 한 가지만 약속해."

"?"

"절대로 항보처럼 자살은 하지 마라."

아빠는 책을 내려놓고 걱정이 가득한 엄마를 데리고 내 방을 나갔다.

다음 날 나는 학선이의 용역회사 사무실로 찾아갔다. 사무실은 난로가 피워져 있었지만 겨우 바람만 막아주고 있을 뿐

썰렁했다. 학선이는 이마에 붕대를 감은 채 혼자 라면을 끓여 먹고 있었다.

"어? 진짜 다쳤네?"

내가 놀라는데도 학선이는 아무렇지도 않은 듯 라면을 후르륵 삼키더니 소주를 병째로 들고 한꺼번에 반이나 마셨다.

"술까지?"

"씨발. 오늘은 철거 현장이었거든…… 아주 죽기 살기로 덤비더라. 가스통 터지고, 불도저로 밀고, 각목 들고, 벽돌 날아오고…… 어떻게 다쳤는지 기억도 안 나…… 아, 씨발, 근데 임신한 여자를 발로 까잖아."

"그래서?"

"그 새끼를 깠지."

"!"

"나 오늘부로 여기서 짤려."

그때였다. 주희가 사무실로 들이닥쳤다. 주희는 다짜고짜 학선이에게 다가가 물었다.

"단도직입적으로 묻자. 너 대학에 갈 거 아니지?"

"말이라고 하냐? 당연하지."

"그럼 나랑 동업하자."

"동업?"

주희가 들고 온 종이 뭉치를 풀었다. 형광 도화지에 '보헤미

안 목걸이', '연예인 필수 아이템' 등등의 손 글씨가 알록달록 적혀 있었다. 주희는 액세서리 노점상을 할 거라고 했다. 학선이처럼 인상 더러운 애가 옆에 있어야 건달들이 못 건드릴 거라고 했다.

주희는 처음엔 노점으로 시작하지만 잘되면 인터넷 쇼핑몰을 차리고, 그걸로 뜬 다음엔 TV 홈쇼핑으로 진출하고, 차차 오프라인 매장을 개업하여 결국엔 연 매출 100억 대의 사업가가 되겠다는 부푼 꿈을 이야기했다.

학선이는 피식피식 웃었다.

"병신, 꼴값을 떨어요. 돈이 돈을 벌지, 꿈과 희망이 돈을 버냐? 꿈 깨라."

"맨날 때려 부수는 일만 하니까 비전이란 걸 알 턱이 없지."

"너, 나 좋아하냐?"

"할 거야, 말 거야?"

"월급 주면."

"까짓 거, 얼마면 돼?"

그렇게 해서 학선이와 주희는 홍대 앞에 액세서리 노점상을 시작했다. 학선이의 살벌한 분위기에 아무도 시비를 걸지는 않았지만 매출이 느는 것 같지는 않았다. 주희의 꿈은 요원해 보였다. 하지만 둘은 나름 꽤나 즐거워하는 것 같았다.

두락이는 영일이, 아라와 힘을 모아 인디밴드 음원사이트를 만들었다. 한 곡당 오백 원이었지만 두락이의 음원은 제법 팔렸다.

예는 공모전을 목표로 열심히 소설을 썼고, 유랑이는 인터넷 객원 기자로 학교 생활 중심의 기사를 썼다. 클릭 수에 따라 받는 고료는 얼마 되지 않았지만 적성에 맞는다며 좋아했다.

고릴라 선생님은 다시 학원으로 돌아갔다. 어머니를 요양원에 보내드릴 만큼 생활비를 벌어 저축해놓으면 다시 교문 앞으로 갈 거라고 했다.

나는 이제 항보의 질문에 대한 답을 해야만 했다. 머릿속이 복잡했다. 그즈음 항보의 형이 나를 찾아왔다.

"오랜만이다."

"네."

항준이 형은 서울대 법대 3학년이었다.

"항보가 너한테 이상한 제안 같은 거 했다며? 그건 잊어버려."

"네?"

"항보는 아버지에 대한 반항으로 그런 짓을 한 거야. 넌 거기 휩쓸릴 이유가 없어."

항준이 형은 항보가 아버지의 지독한 차별 때문에 홧김에 그런 짓을 저지른 거라고 했다. 항보는 어릴 때부터 형과 비교

당하며 아버지에게 미운털이 박혔고 그런 만큼 늘 아버지의 사랑에 목말라 했다는 것이다.

"항보가 사고 치기 며칠 전이었어. 아버지가 항보를 학교까지 태워다준다고 했어. 항보는 매우 놀랐지. 한 번도 없던 일이었으니까. 그런데 아빠가 항보를 태우고 어디로 갔는지 알아? 항보가 다녔던 중학교로 간 거야. 항보는 어리둥절했지."

"항보가 고등학생이 된 것도 몰랐단 말이에요?"

"아니."

"?"

"아빠는 그날 항보한테 깊은 상처를 주는 말을 하고 말았어. 넌 중학교 때까지만 내 아들이었다고. 이젠 아니라고. 그러니까 더욱 분발하라고."

"!"

"항보는 아버지한테 인정받고 싶어했지만 늘 나와 비교당했지. 아마 그날의 상처는 회복 불능으로 깊었을 거야. 그래서 그런 짓을 한 거야. 넌 항보의 말 따윈 잊어버려. 너하곤 아무 상관없는 일이야."

항준이 형이 돌아가고 난 뒤 나는 마음이 너무 아팠다. 항보가 차별 때문에 괴로워했고, 사랑에 목말라 했다는 것은 사실이지만 그것은 일부분이었을 것이다.

항보의 세계는 그렇게 협소하지 않았다. 누구와도 비교할 수 없을 만큼 넓고 깊었다. 더 많은 욕구와 절망이 있었다. 그러나 항보는 어느 누구에게도 자신의 내면을 이해받지 못했던 것이다.

너의 절망을 조금은 알 것 같다.

_신이걸

# 항보

어둠을 본 자만이 빛을 이야기할 수 있다. 무엇을 하든 온몸으로 부닥쳐라.

_항보

대나무 숲이 울창한 대안학교 뒷산 산책로를 송선미 선생님과 함께 걸었다. 항보가 절망했던 것처럼 인간은 눈처럼 뭉쳐지는 존재가 아니라 모래알처럼 흩어지는 존재였다. 사람과 사람은 저마다 섬이고 저마다 서로의 벽이었다.

"선생님은 조금도 몰랐어. 항보의 죽음 이후에 네가 그런 고민을 해왔다는 건……."

"그래서 저 이번에 학교를 그만두려고 해요. 혼자 공부하든가 대안학교로 옮기고 싶어요."

"부모님은?"

"설득해야죠."

선생님은 걸음을 멈췄다. 그리고 나를 보며 빙그레 웃었다.

"조금만 더 실망하면 항보처럼 돌아올 수 없는 곳으로 도망치겠네?"

"?"

"널 보니까 나도 결심이 굳어지는걸?"

"무슨 얘기에요?"

"요즘은 대안학교도 귀족학교로 변해가고 있어. 한 달 수업료가 대학교 뺨치게 비싸. 그런데도 전국에서 돈 싸 들고 우르르 몰려와. 전국 상위권 애들이 말이야. 왠지 알아? 여기 졸업생들이 거의 99%가 국내 명문대학으로 진학하고 있거든. 나머지 1%는 하버드나 옥스퍼드 같은 외국 명문대학으로 바로 진학하는 거지."

"!"

"그래서 여길 그만둘까 고민 중이었어. 전인격적인 인문 수업을 한다는 처음의 뜻과는 달라져도 너무 달라졌거든. 그런데 네 얘기를 듣다 보니 알겠어. 난 그동안 비겁하게 계속 도망만 쳐온 거야."

"……"

"전에 있던 학교에서 견디기 힘들어 대안학교로 오고, 여기가 힘들어지니까 또 달아날 곳을 찾고 있었어. 계속 그렇게 달아나기만 하면 이 세상 어디에도 내가 있을 곳은 없을 거야."

"!"

"내가 있는 곳이 맘에 안 들면 맘에 드는 곳으로 만들어야지. 그게 내가 세상에 있어야만 하는 이유가 아닐까?"

선생님이 다시 걷기 시작했다.

대나무 숲이 바람에 서걱거렸다. 이름 모를 새 몇 마리가 대나무 사이를 푸드덕 날아갔다.

"연꽃이 아무리 많아져도 흙탕물이 맑아지진 않잖아요!"

내가 소리쳤다.

"흙탕물이 있으니까 연꽃도 피어난 게 아닐까?"

선생님이 대답했다.

"그렇게 기를 쓰고 살아야 되는 이유만 찾는 거 비굴하지 않아요?"

"넌 왜 기를 쓰고 살지 말아야 할 이유만 찾니?"

"……"

"……"

나는 선생님의 시선을 피해 돌아섰다. 왔던 길을 내려가기 시작했다.

“이걸아. 그렇게 죽는 편이 낫다면, 정말로 죽고 싶다면, 왜 지금 죽지 않니?”

“!”

“사람들이 다 죽음을 두려워하는 이유는 삶의 비밀이 있기 때문이 아닐까?”

“…….”

“넌 그걸 보고 싶지 않니?”

삶의 비밀? 헛소리다. 비겁함을 가장한 변명이다. 오래 살아봐야 고릴라 선생님의 늙은 어머니처럼 정신을 놓고 아들의 발목이나 잡을 뿐이다.

나는 항보의 유골함 앞에 동상처럼 앉아 있었다.

항보야. 네가 옳았다.

항보야. 정직한 사람은 절망하지 않을 수 없는 세상이다. 희망을 말하는 자는 다 자기기만이다. 나도 네 뒤를 따라가마.

어떻게 죽어야 할까? 수면제? 투신? 석양이 지는 해안가 절벽에서 뛰어내릴까? 바닷속으로 가라앉는 해처럼 미련 없이, 장엄하게? 아니면 앉은 자리에서 굶어 죽을까? 모두가 먹고사는 문제 때문에 불의를 당연하게 받아들인다면 먹지 않겠다고 선언하며 죽는 것도 괜찮지 않을까?

아까부터 주머니 속에서 전화가 부르르 떨고 있었다. 나는 전화를 끄려고 휴대폰을 꺼내다가 소스라치게 놀랐다.

곽항보. 010-2764-XXXX

항보의 전화번호가 떠 있었다.

순간적으로 머릿속으로 말도 안 되는 생각들이 스쳐 지나갔다. 설마, 항보가 살아 있다는 건가? 설마 죽음 저편의 세계에서 보내는 메시지? 나는 숨을 고르고 떨리는 손으로 수화 버튼을 눌렀다.

"여보세요?"

낯선 여자의 목소리가 들렸다. 아니, 어디선가 들어본 목소리였다. 그렇다. 지난가을 추모관에서 항보의 번호로 전화를 걸었을 때 받았던 그 여자의 목소리였다.

"네, 신이걸입니다."

"궁금한 게 있어서 전화했어요. 전에 이 번호로 전화한 적 있죠?"

"네 맞아요."

"이 번호 쓰던 항보라는 분, 혹시 이 세상에 안 계신가요?"

"네……."

"역시, 그렇군요."

"그런데 왜 그러시죠?"

"실은……."

여자의 휴대폰으로 문자가 오기 시작한 것은 늦은 봄부터였다고 했다. 처음엔 그냥 약속을 못 지켜서 미안하다는 일반적인 문자라고 생각했다. '미안해, 내가 나갔어야 했는데……' 정도의 문자니 그렇게 생각하는 것도 당연했다. 그런 문자가 하나둘 오다가 말다가 할 때가지만도 그냥 그러려니 했다. 그런데 최근 들어 갑자기 문자가 한둘이 아니라 여러 통이 오기 시작했다. 모두들 그날의 일에 대해 아파하는 내용이었다. 어떤 때는 밤에 전화를 해놓고 말없이 있다가 끊기도 한다는 것이었다.

"그래서 이 번호는 이제 안 쓰려고 해요. 그런데 왠지 누군가에게는 알려줘야 할 것 같았어요."

"뭘요?"

"많은 사람들이 항보라는 분을 몹시 그리워하고 또 많이 미안해하고 있다는 걸요. 그럼 이만……."

여자가 전화를 끊었다.

누굴까?

누가 항보에게 그렇게 미안해하는 걸까? 나는 항보의 휴대폰을 봐야만 했다. 나는 급히 추모관 안내 데스크로 달려갔다. 항보의 유골함 안치실을 열어달라고 했다. 가족의 확인이 필요하다고 했다.

나는 항보 어머니에게 전화를 했다. 두 시간쯤 지나 항보 어머니가 추모관에 도착했다. 안내원이 안치실 유리문을 열어주었다. 나는 항보의 손때 묻은 휴대폰을 꺼냈다. 어머니가 챙겨 온 배터리를 갈아 끼우고 전원 스위치를 켰다. 초록의 막대그래프가 움직이며 화면이 밝아졌다.

나는 휴대폰을 뒤지기 시작했다. 그리고 폰 앨범 안에서 항보가 죽은 날짜에 찍은 동영상을 찾아냈다. 나는 떨리는 손으로 플레이를 시켰다.

노란 가로등과 쏟아지는 하얀 눈. 공원의 풍경. 화면에 비치는 항보의 얼굴. 슬며시 웃고 있다. 뒤에 벤치의 나뭇결이 보이는 것으로 보아 누워 있는 듯하다. 주변에 뚜껑이 열린 약통들 흩어져 있는 모습도 언뜻 보인다.

다시 화면에 비치는 항보의 손. 유리에 다쳐 상처 입은 손등으로 피가 흐른다. 바람 소리. 거친 숨소리. 다시, 항보의 웃는 얼굴. 찡그린 얼굴.

무언가를 발견한 듯 휴대폰을 급히 돌리자 화면이 흔들리고. 카메라 줌으로 당겨 초점이 맞춰지면 비둘기가 보인다. 눈 위를 뒤뚱거리며 걷다가 멈춘다. 이쪽을 본다.

동영상 1번이 끝났다. 나는 급히 두 번째 동영상을 열었다.

다시 눈 오는 풍경. 카메라 돌려 항보의 얼굴로 돌아온다. 잠이 쏟아지는 듯. 졸린 듯 풀어지는 눈동자. 웃는 듯, 우는 듯 알 수 없는 표정.

"이걸아. 너한테 보낸 예약 문자가 있는데……."

눈꺼풀 자꾸 감기면서 목소리 급격히 작아짐. 화면 흔들림. 그러다 정지된 화면. 카메라 바닥에 떨어지는 듯 화면 뭉개졌다가 다시 선명해지면 다른 각도에서 보이는 눈 오는 풍경. 그 앵글에 나타나는 비둘기 발. 비둘기 얼굴. 정지 화면에 지나가는 사람의 발. 멈췄다 그냥 감. 계속 떨어지는 눈. 오랫동안 계속 되다가 화면 끊어짐.

눈물이라는 렌즈를 낀 것처럼 눈앞이 시려왔다. 시야가 자꾸 뿌옇게 흐려졌다.

나는 항보가 중얼거린 뒷말을 제대로 들으려고 몇 번이고 다시 플레이를 하면서 입술 모양을 살폈다. 그러나 아무리 봐도 무슨 말인지 알아들을 수가 없었다. 볼륨을 최대로 높여도 바람 소리만 더 크게 들렸다. 항보는 도대체 무슨 말을 한 걸까?

문자 메시지 함을 열었다. 나에게 보낸 문자가 주르륵 수도 없이 떴다. 가슴이 아렸다. 그리고 맨 위에 닉네임 '파란달' 외 13명에게 보낸 것으로 되어 있는 단체 문자가 보였다.

놀이터로…… 지금…….

파란달은 누구일까? 항보가 만난 수많은 친구들 중의 한명일까? 그 친구와는 무슨 이야기를 나누고 또 무슨 일을 도모했을까?

파란달 외 나머지 13명도 13명이라는 숫자만 나올 뿐 개별 확인은 불가능했다.

나는 휴대폰을 꽉 움켜쥐고 눈을 질끈 감았다. 돌아서 벽을 짚은 채 고개를 숙이고 있는 항보 어머니의 어깨가 격하게 흔들렸다.

"어머니는 아셨어요? 항보가 단체 문자 보낸 거……."

"응……."

"근데 왜 아무 말도 안 하셨어요?"

"……."

"그날 밤 누군가 한 사람이라도 놀이터로 나와 주었다면…… 항보를 발견하고 병원으로 옮겨주었다면…… 항보는 죽지 않았을 거잖아요!"

"그랬겠지……."

"근데 왜 여태 모른 척하셨어요?"

"내가 어떻게 그 얘기를 하니? 그러면…… 그 문자 받았던 애들은 평생 죄책감을 안고 살 텐데……."

"!"

항보 어머니가 먼 하늘을 바라보았다. 그 눈가가 촉촉했다.

항보가 마지막으로 한 말은 무엇이었을까? 동영상을 몇 번이고 다시 돌려 보면서 입 모양을 눈이 빠지게 보면서 추측을 해보아도 떠오르는 단어는 없었다.

그것은 어쩌면 '취소'가 아니었을까? 아니면 '추워'였을까? 혹은 '미워'였는지도 모른다. 혹은 '그래도 아빠를 사랑해'였는지도 모른다. 입술 모양으로는 도저히 뜻을 알 수 없는 중얼거림이었지만 한 가지는 분명하다.

마지막 순간 항보는 자신의 위치를 알렸다. 그것은 살고 싶다는 뜻이 아니었을까?

주희가 말했던 것처럼 그 마지막 순간에 떠오른 살고 싶다는 욕망. 어쩌면 항보는 순간적인 격정에 사로잡혀 저지른 일을 지금쯤 어디선가 뼈저리게 후회하고 있을지 모른다. 분명한 건, 항보는 지금, 보지 못하고 느끼지도 못하고 누구와도 이야기를 나눌 수 없다는 것이다. 예가 쓴 소설도 못 보고, 두락이가 만든 음악도 듣지 못한다. 영일이와 조아라가 얼마나 놀라운 프로그램을 만들었는지, 둘이 얼마나 재미있게 사귀고 있는지도 모른다. 석구와 천재가 얼마나 잘 지내고 있는지도 알지 못한다. 창기가 엑스트라로 출연한 드라마도 보지 못하고, 김 목사님이 얼마나 전투적으로 변화되었는지도 모른다. 그리고 우리가 날마다 릴레이로 진욱이의 병실로 찾아가 말을 걸어주고 책을 읽어주고 있는 것도 모른다.

삶도 죽음도 미궁이다. 하지만 어딘지 모르게 내 안에서 무언가 꿈틀거리며 솟아오르는 감정이 있었다.

살아 있다는 건 좋은 것이다!

아무리 생각해도 좋은 것이다. 하늘의 구름이 얼마나 멋지게 자기 변신을 하는지 항보는 이젠 보려고 해도 못 본다. 쏟아지는 눈이 얼마나 아름다운지 , 길거리 화분이 얼마나 멋진 꽃을 피워내는지, 날마다 얼마나 멋진 일들이 벌어지고 있는지 항보는 영영 모른다. 느끼지 못한다.

언젠가는 나도 항보가 그렇게 성급하게 간 길이 어떤 길인지 알게 될 것이다. 아마도 꽤 먼 훗날이 될 것이다. 내가 이 세상에서 해야 할 일, 하고 싶은 일을 다 하고 이 세상을 떠날 순간이 되면, 나는 가고 싶지 않아도 항보의 뒤를 따라갈 것이다.

항보는 그때까지 나를 기다려야 한다. 아주 오랜 시간을 알 수 없는 곳에서. 자신이 누리지 못한 모든 기회들을 안타까워하면서.

나는 항보의 블로그를 삭제했다. 아이디도 삭제했다. 항보의 흔적은 인터넷 상에서조차 완전히 지워졌다. 나는 책꽂이에서 내가 보던 책들을 찬찬히 둘러보았다. 문예반 시절에 만들었던 문집을 보자 마음이 뜨거워졌다. 내가 듣던 음악들을 들었다. 내가 가장 즐거워하던 일들을 생각하고 또 생각했다.

며칠 후, 나는 커다란 전지 한 장을 사서 내가 학교를 다닐 필요가 없는 이유에 대해서 그리고 앞으로 문학 작가가 되기 위해서 해야 할 일들과 나의 비전에 대해서 깨알 같은 글씨로 빽빽하게 적었다.

그리고 엄마와 아빠 앞에서 내 꿈을 설명했다. 엄마와 아빠는 심각하게 내 얘기를 들었다.

설명을 마친 후, 나는 반응을 살폈다. 설마 주먹이 날아오진 않겠지? 엄마가 울음이라도 터뜨리면 어떡하지? 농담하지 말라고 진지하게 받아들이지 않으면 어떡하지? 별별 생각이 다 들었다.

"네가 조금만 더 부지런을 떨면…… 학교를 다니면서 해도 다 할 수 있는 것들이잖아?"

아빠가 말했다.

"네?"

"그러네. 검정고시 이력보다는 학교 졸업, 그리고 대학도 들어가면 좋잖아. 굳이 학교를 떠날 필요가 있나?"

"그렇지만 시간의 효율성이란 측면에서 내가 내 시간을 자유롭게 관리하고 싶다구요."

"그럼, 그렇게 해."

아빠와 엄마가 이구동성으로 말했다.

"네?"

엄마와 아빠는 너무 쉽게 허락했다. 나는 내 귀를 의심했다. 자퇴하고 대학을 안 갈지도 모른다고 했는데 그냥 허락이다.

"왜?"

"좀 그렇잖아요? 화내지 않은 건 고맙지만 이런 계획에 반대도 좀 하고, 그래야 정상 아닌가?"

"난 널 믿어."

엄마가 정말 믿는다는 듯 눈에 힘을 주어 말했다.

"결국은 네 인생이니까."

아빠는 남의 일 얘기하듯 말했다.

나는 자퇴하지 않았다. 이미 허락은 받아놨기 때문에 서두를 필요는 없었다. 어쨌든 난 내 인생의 방향을 잡았다. 그 결정이 지금 이 순간엔 절대적이지만 나중엔 변할 수도 있는 잠정적인 결정일 수도 있다.

여전히 학교를 다니고 있지만 어쩐지 내 마음은 자유로웠다. 언제든 떠날 수도 있지만 다니는 학교.

작가가 되기 위해서라고 생각하니 공부도 나름 재미있었다. 모든 경험들은 다 소중한 것으로 느껴졌다. 어떤 경험 속에서도 소중한 것을 끌어낼 수 있을 것 같았다. 이제는 세상에 끌려다니며 강제로 튜닝당하는 게 아니라 내가 나를 튜닝할 수 있을 것 같았다.

모든 결정은 잠정적이고 순간의 최선만이 진실한 것이다. 어느 날 아침 나는 학교 가는 버스 대신에 바다로 가는 기차를 탈지도 모른다. 자퇴를 하고 중국집 배달원으로 취직할지도 모른다. 혹은 작가 선생님을 찾아가 문학 수업을 들을지도 모른다. 모든 길은 내게 열려 있다. 내겐 에너지로 가득 찬 꿈의 다이너마이트가 있다.

나는 가끔 생각한다. 항보가 바라던 그런 세상이 올까? 꽃을 든 아이 앞에서 전쟁이 멈춰지는 세상. 탱크가 꽃폭탄을 쏘면 달콤한 향기가 가득해지는 세상. 발을 다친 비둘기 한 마리조차 외면하지 않고 보듬어주는 따뜻한 세상. 불의는 어쩌다 한 번 득세할 뿐 정의가 늘 이기는 세상. 폭력이 없는 학교. 남을 밟고 올라서지 않아도 모두가 자기의 꿈을 향해 즐겁게 달려가는 세상. 그런 세상이 올까? 설사 오지 않는다 해도 나는 그런 세상을 향해 달려갈 수 있을까? 혼자서라도 어둠의 벽에 균열을 내며 과감히 나아갈 수 있을까?

따르릉.

휴대폰 벨이 울린다. 두락이다.

“어, 무슨 일이야?”

“내가 고삐리 밴드를 하나 만들었거든. 그래서 싱글 앨범 발매에 맞춰서 뮤직 비디오를 하나 제작하려고 하는데 말이야. 네 도움이 필요해. 너하고 예가 뮤직 비디오 시나리오 하나 써야겠다. 창기가 액션 담당이고, 석구는 엑스트라야. 영일이와 조아라는 CG를 맡아줘야겠지? 근데 약간 공포 분위기가 나야 해. 음악이 고딕 메탈 풍이거든.”

“그래? 그럼 내가 아는 애들이 있어. 아포리아라고 초자연적인 현상이나 괴기스런 것들에 정통한 애들이지.”

“그래? 잘됐네. 언제 올래?”

“지금 당장이라도 괜찮아.”

“지금 새벽 두신데?”

나는 잠시 멈칫했다. 일 년 전 항보의 문자를 씹었던 것도 바로 이 시간이었다.

창밖엔 눈이 오고 있었다. 엄청난 폭설로 도로가 마비되고 교통사고가 수도 없이 많이 일어나고 있다는 밤이었다.

나는 보고 있던 책을 덮으며 말했다.

“그게 무슨 상관인데? 난 항상 지금이 제일 좋은 때야.”

“그럼 빨랑뛰어 와라. 그리고 올 때 군고구마 좀 사와라. 출출하다.”

나는 전화를 끊고 옷을 챙겨 입고 밖으로 나왔다.

세상이 다 하얀 눈이었다. 도로는 눈에 덮여 중앙선도 차선도 안 보였다. 길이 아닌 것도 없고, 금지된 것도 없고, 여기가 길이라고 하는 것도 없었다. 내가 가는 길이 길이었다.

나는 사람들에게 단체 문자를 보내기 시작했다. 예, 창기, 석구, 천재, 아라, 영일이, 주희, 학선이. 유랑이. 그리고 고릴라 샘한테도. 마지막으로 지금은 항보의 옛날 번호로도. 지금 여기에 살아 있음을 행복하다고 고백하면서.

내가 가는 길이 길이다. 나는 살아 있다. 행복하다.

_신이걸

# 작가의 말

내가 고등학생 때 아버지는 늘 집에서 술을 드셨다. 술심부름으로 맥주를 사오고 턴테이블에 LP판을 걸고 음악을 트는 것은 내 몫이었다. 아버지가 피우는 독한 담배 연기를 고스란히 맡으며 나는 밤새도록 무수히 많은 이야기를 나누었다.

베토벤과 차이코프스키, 로스 인디오스 타바라스, 셰익스피어, 제임스 조이스, 박정희, 레닌, 빨치산, 바이블과 무교회주의, 테러리스트와 회교, 싯다르타, 니체, 천상병과 박목월의 이름들이 쏟아져 나왔다.

학교는 내 감각을 거세하고 감시와 처벌과 경쟁만을 부추기는 기관이었지만 아버지와의 대화는 숨을 쉴 수 있는 유일한 탈출구였다. 내 질문은 삐딱했지만 아버지는 사랑으로 구부러진 내 생각과 마음을 펴주었다.

노을이 지는 하늘을 바라보며 나무 그늘 아래서 나는 물었다. 공부란 타인의 삶에 대한 지배력을 높이기 위한 기술 습득이 아닐까요? 내 질문에 아버지는 부정도 긍정도 하지 않았다. 간혹 내가 쓴 글을 읽고 의견을 말해주었고, 가끔은 학교에 가기 싫다는 나를 데리고 이발소에 가서 머리카락을 잘라주고는 고궁을 함께 산책하기도 했다.

나는 헤르만 헤세에 푹 빠졌고, 데미안을 사랑했고, 중이 되고 싶었고, 인도의 요기들에 관심을 갖기도 했다. 다른 세상을 꿈꾸었고 목이 말랐고 가슴엔 항상 불덩이가 후끈거렸다.

그 불덩이를 도저히 견딜 수 없게 될 즈음 나는 큰 사고를 쳤다. 사흘 만에 집에 돌아왔을 때 아버지는 아무

말 없이 나를 가만히 안아주었다. 아버지의 몸이 매미 껍데기 같았다.

세월이 흘러 한 친구가 자살했다는 소식을 들었다. 항보를 절반쯤 닮은 친구였다. 나는 그 친구가 왜 죽었는지 지금도 이유를 모른다.

또 세월이 흘러 나는 아이의 아빠가 되었다. 그 아이가 고등학생이 되고 대학생이 될 때까지 매스컴은 연일 학교 폭력과 왕따, 청소년 자살 문제를 다루었다. 전문가라고 하는 사람들이 나와 저마다의 해결책을 제시했다. 하지만 나는 어떤 의견에도 동의할 수 없었다.

청소년은 빅뱅의 에너지를 안고 있는 우주적인 존재다. 그들의 내면은 이 세상의 모든 문제들이 격렬하게 충돌하고 갈등하면서 궁극의 해답을 찾기 위해 들끓고 있는 전쟁터다. 청소년들의 우주적 내면세계를 입시라는 틀 안에 가두고, 문제인 상류의 무너진 댐은 놔둔 채 하류에서 삽질로 어떻게 막아보려는 것은 미봉책일 뿐이다.

신자유주의 시대라서 어쩔 수 없다고?

과연 그럴까?

나는 우리 청소년들이 세상을 왕따시키고 스스로 세상의 중심이 되는 힘을 갖기를 바란다. 관심의 영역이 내면으로 깊어지고 우리 사회 곳곳으로 확장되기를 바란다. 인문학적 교양과 철학적 사유, 예술을 향유할 수 있는 능력을 갖길 바란다. 절망의 바닥을 차고 오르는 희망을 보길 바란다. 천박한 자본과 포악한 권력의 감옥에 균열을 내고 바람처럼 자유롭게 달리는 존재가 되기를 바란다. 분명, 그럴 수 있을 거라고 믿는다.

이 소설이 나올 수 있도록 도와주신 실천문학사에 감사를 드린다. 아직도 치유 중인, 상처 입은 내 안의 어린 나에게 이 책을 전한다.

2012년 12월 작업실에서

이병승

# 달리GO!

2013년 1월 8일 1판 1쇄 펴냄
2014년 1월 10일 1판 4쇄 펴냄

지은이 이병승
펴낸이 손택수
편집 이호석, 이승한, 임아진
디자인 김현주
관리 · 영업 김태일, 박윤혜

펴낸곳 (주)실천문학
등록 10-1221호(1995.10.26.)
주소 우121-839, 서울시 마포구 월드컵로 10길 48 동궁빌딩 501호(서교동)
전화 322-2161~5
팩스 322-2166
홈페이지 www.silcheon.com



ISBN 978-89-392-0690-8 03810

이 책은 2012년 한국문화예술위원회의
차세대예술인력집중육성지원기금을 받아 발간되었습니다.